JN077904

ママナラナイ

井上荒野

祥伝社文庫

目次

ダイヤモンドウォーター　5
檻《おり》　29
静かな場所　53
毛布　79
ママナラナイ　101

十七年　127
あの娘《こ》の名前　149
顔　171
約束　195
おめでとう　221
解説　杉江《すぎえ》松恋《まつこい》　246

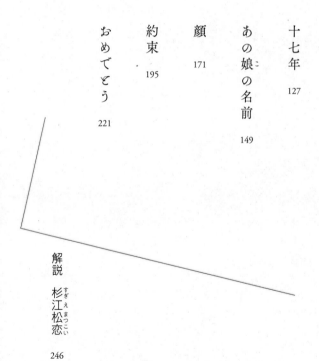

ダイヤモンドウォーター

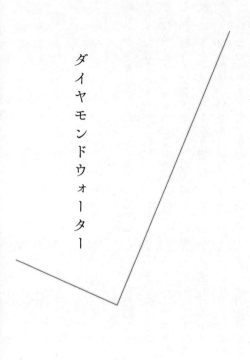

昨日、姉さんに会った。きくち屋の前で私を待っていたのだ。

会うのははじめてだったのに、なぜか見た瞬間に姉さんだとわかった。下校する生徒たちがたくさんその道を歩いていたのに、姉さんが私だけをじっと見つめていたせいかもしれない。姉さんは背が高くて、髪が長くて、鹿に似た顔をしていた。濃い黄色のコートを羽織《はお》って、赤いハイヒールを履いていた。私たちが消しゴムやノートや木工用ボンドを買うきくち屋の前で、姉さんはクリスマスツリーみたいに目立っていた。その姉さんが私に向かってニッコリ笑って手を振ったから、私までみんなの注目を集めた。

「どうしたの」

私が聞くと、姉さんはウフフと笑って、

「予感がしたから」

と答えたから、私はびっくりした。

「知ってるの？」

「たぶん」

「今日、メールに書こうと思ってたのに」

「ウフフ。超能力」

それから私と姉さんは、大通りに面したカフェに入った。最近できたばかりの、ママが入りたがっていた店。ママが入りたがるような店に私は入りたくないと思っていたけれど、姉さんと一緒だと、そこは素敵な店だった。あかるくて床も壁もつるつるしていて、黒い服を着た店員たちが床を滑るように歩いて、店の真ん中に大きなガラスのテーブルがあって、テーブルの上には紫色の実をつけた白っぽい木の枝を挿《さ》した大きな花瓶が置いてあった。でも、店の中でいちばん素敵なのは姉さんだった。店のひとたちはみんな、ちらちらと姉さんのほうを窺《うかが》っていた。

「シャルラ」という飲みものを姉さんが注文したから、私もそうした。シャルラは細長いラッパ形のグラスに入ったピンク色の液体で、光の加減でオレンジ色にも見えた。少し炭酸が入っていて、花みたいな果物みたいな、とてもいい匂いがして、マシュマロみたいなアイスクリームみたいな不思議なまるいものが、グラスの底にいくつも沈んでいた。

「いいこと教えてあげる。そのために来たの」

と姉さんは言った。

「ダイヤモンドウォーター？」

初音《はつね》が大げさに顔をしかめる。五年二組の教室の廊下側の列の、私は前から二番目で、初音は三番目の席だ。

「うん。出たことある？」

私は言った。一時間目は国語で、はじまりのベルは鳴ったけれど担任の清家《せいけ》先生はまだ来ていなくて、教室内はざわざわしている。今日から十二月なのに暖かいというより暑いくらいで、窓を開けたいとか開けると寒いとか、校庭側の席の男子と女子たちがまだもめている。

「ないよー、そんなの。気持ち悪い」

「気持ち悪くないよ。きれいだよ。てゆうか、きれいなものなんだって、姉さんが言ってた。誰にでも出るものじゃないんだって。だから幸福の水、とも言われてるんだって」

「それが、出たの？　オシッコじゃないの？」

「オシッコとは、全然違うよ。透明で、ねばねばしてるんだもん」

「今も出てるの？」

「ううん。昨日の夜、トイレで出ただけ」

「ふーん。ダイヤモンドウォーター、だっけ？　ほかにも知ってるひとっているのかな」

「外国の呼びかただからね、日本のひとはまだ……」

そのとき清家先生が教室に入ってきたので、私は急いで「ほとんど知らないんじゃないかな」と言ってから前を向いた。その瞬間、先生と目が合った。先生の目は吊《つ》り上がった。

「小此木《おこのぎ》さん、橋本《はしもと》さん。先生が来てもまだお喋《しゃべ》りしているひとたちには、しばらく立っててもらおうかしらね」

信じられない。私と初音はいきなり怒られて、立たされた。清家先生は気分屋で、ときどきささいなきっかけで、ヒステリーを起こしたりもする。今回もそれだったのだろう。

ほかにもお喋りしているひとはいたのに、立たされたのは私たちだけだった。初音はそれから十分くらい、私は授業の半分くらいまで、立たされていた。立たされている子は、先生に質問を当てられて答えれば座ることができる。清家先生は私にはずっと質問しなかった。手をあげても無視された。わかってる。先生は私がきらいなのだ。私のパパはお芝居の演出家で、けっこう有名で、私がそのことを鼻にかけていて生意気だと先生は思っているのだ。

「清家先生って、岡《おか》先生とできてるんだよ」

それで、お昼休みに私はそう言った。このことは言わないようにしようと思っていたのだが、頭にきたからだ。私はパパのことを鼻にかけてなんかいないし、ああいうパパじゃなく、もっとふつうのお勤めとかの家に生まれたかったと思っているのに。

「できてるって？」

千聖《ちさと》が聞く。給食を食べ終わって、私と初音と千聖は音楽室へ行く渡り廊下の手摺《てす》りに、中庭のほうを向いて並んで腰かけている。中庭には小さな池とそれを囲む背が低い植え込みがあって、植え込みは今真っ赤に紅葉していてきれい。ここは私たちのお気に入りの場所だ。

「セックスしてるってことだよ」

私が言うと、千聖と初音は口々に「げー」「おえー」と言った。

「マジ？　どうして琉々《るる》が知ってるの？」

私のパパはふつうのひとじゃないから、私には琉々なんていうへんな名前がついている。

「姉さんから聞いたの」

姉さんのことはふたりにも少しだけ話してある。離れて暮らしていること。毎晩メールのやり取りをしていること。

「お姉さんはどうして知ってるの？」

「見たんだって。清家先生と岡先生が一緒にいるところ」

「一緒にいるだけじゃ、セックスしてるかどうかなんてわかんないじゃない」

「わかるんだって、姉さんには。超能力みたいなのが、姉さんにはあるの」

だから清家先生と岡先生を見たとき、それが私のメールにときどき出てくるひとたちだっていうことも姉さんにはわかったの、と私は説明した。

その日の帰り、私と初音と千聖、それに杏《あんず》――杏は千聖の隣の席の子で、千聖が「できてる」話をしてしまった――は、体育館の裏の駐車場へ行った。そこに岡先生の車が停めてあることを知っていたからだ。

教職員用駐車場への生徒の立ち入りは禁止されているから、私たちは裏門から学校を出る子たちに交じって近くまで行き、ひと気がなくなったのを見計らって、岡先生の車を探した。音楽専任の岡先生は車が好きで、ときどき授業のあとなんかに男子たちと車の話をしているから、先生が「空色のワーゲンビートル」に乗っていることを私たちも知っている。

駐車場に停まっている車は三台だけで、空色の車は一台だけだったから、すぐにわかった。私たちは何気なく近づいて、車の中を覗《のぞ》いた。清家先生と岡先生が「できてる」証拠を見つけるためだ。運転席の横のドリンクホルダーにスターバックスのカップが入っていて、助手席には黒いセーターがまるめて置いてあり、後部座席には何もなかった。助手席の足元にはゴミ箱があって、私はそれに注目したけれど、のど飴《あめ》の空き袋が入っているのしか見えなかった。

「なんにもないね」

と杏がつまらなそうに言い、

「やっぱり、外から見ただけじゃわかんないよね」

と初音が私の弁護をするみたいに言ったから、

「あっ」

と私は助手席のセーターを指差した。

「あれって清家先生の髪の毛じゃない？」

どれ？　と口々に言って三人が私の後ろから車の中を覗き込む。あれだよ、ほら、あのぐしゃってなってるとこに一本くっついてるの見えない？　と私は言った。三人には見つけられないようだった。そのうち私にも見えなくなってしまった。きっと光の加減で、さつき一瞬だけ見えたのだ。

「でも、それが清家先生の髪の毛だってどうしてわかるの？」

髪の毛を探すのに飽きたらしい千聖が言った。だよねー、と杏も声を合わせる。

「なんとなくわかるの。私にもちょっとだけ遺伝してるんだよね、姉さんの超能力」

と私は言った。

大通りの角で三人と別れて、カフェの前を通り過ぎたあたりで、お腹が痛くなってきた。

昨日の夜もこんなふうになった。昨日よりも痛い気がする。マンションのエレベーターを降りたところで、きゅうっと下腹が絞《しぼ》られるみたいになって、思わずしゃがみ込んだら、そのとたんに熱いものがどろっとパンツに落ちたのがわかった。急いで家に入って、トイレに直行する。パンツを下ろすと、ねばねばした透明なものがついていた。ダイヤモンドウォーターだ。昨日よりも多い。私はトイレットペーパーでそれを拭《ふ》き取った。オシッコをしてからそれが出てきた場所も拭いて、パンツを穿《は》くと、濡《ぬ》れていて気持ちが悪かった。穿き替えようと考えていたら、「琉々ちゃんなのぉー？」というママの声がした。

ママはいつも家にいるけれど、私が学校から帰ってきたことに気がつくのはめずらしい。行きたくなかったけれど、こういうとき行かないとママは拗《す》ねて、面倒くさいことになるのはわかっていたから、私はパンツを脱いでデニムのスカートのポケットに突っ込むと、そのままママのところへ行った。

ママはリビングにいた。ソファの背凭《せもた》れの上にボサボサの髪が覗いている。ママはたいていはダイニングにいるから、これもいつにないことだった。もしかしたら今日はお酒を飲んでいないかもしれないとちょっと期待したけれど、回り込んでみるとママの手にはやっぱり缶チューハイがあった。コーヒーテーブルの上にも空き缶が三つ。テレビがついていて、ぽん酢のコマーシャルが流れていた。

「ちょうどよかった、琉々ちゃんも観てぇ」

ママは呂律《ろれつ》の回らない声で言った。飲んでないどころか、いつもよりたくさん飲んでいるらしい。いつものTシャツを長くしたみたいな部屋着を着ていて、そんな格好でも必ずつけるマスカラと口紅が、汚らしく目の下に落ちたり剝《は》げたりしていた。

「もうすぐコマーシャル終わるから。行かないで見ててぇ。ね？　ね？」

ママのふにゃふにゃした手が私の腕に巻きついて、自分の隣に座らせようと引っ張った。いやな予感しかしなかったけれど私は座った。何も穿いてない下半身がスカートの布地に触れて、ぞわぞわした。ぽん酢のコマーシャルが終わって自動車保険のコマーシャルになって、それが終わると番組がはじまった。トーク番組で、今日のゲストの顔がアップになる。テロップで出てきた名前を私は知らなかったけれど、ときどきテレビで観たことがある、頭にはりついたみたいなショートカットの、きれいな女のひとだった。

「ホントなんですよ、硬直しちゃうんです。ずうっと女子校だったから……。相手が男のひとだと、年下でも敬語になっちゃうんです、それも緊張してすごくへんな、武士みたいな。かたじけない、とか言っちゃうんです」

その女のひとが言い、かたじけない！　と相手のひと――有名なお笑いタレント――が繰り返して、画面にも「かたじけない」というテロップが出て、笑い声が起きた。テレビの笑い声と、ママの笑い声。ハハハハハ、ハッハッハーア、とママは笑った。テレビの画面を指差しながら。

「信じらんない、嘘《うそ》ばぁーっか。硬直しちゃうだって。よぉーっく言うわよねぇー」

ママは上半身をぐるんと傾けて、私の膝《ひざ》の上に自分の頭をのせた。私が小さい頃、ママに耳掃除をしてもらっていたときみたいな格好だ。あの頃のママはまだこんなふうなママじゃなかった。ママは私の顔を下から見上げた。

「琉々ちゃんもよぉーく見といて。あれよ。あーれが、パーパと、できてる女」

もう一度画面を指差すために、ママが大きく振り上げた腕が顔に当たりそうになるのを、私はどうにか避《よ》けた。そのまま画面の女のひとを見た。口に手を当てて笑っている。左手の中指に、青いガラスの、猫の顔がついた指輪を嵌《は》めている。

「ほぉらあれ。あの指輪、ぜったいパパが買ってあげたやつよ。こうやってテレビに出るときなんかに、さりげなく嵌めるの。それでふたりでこっそり愛をたしかめ合ってるの。あたしにわかっちゃってるから、ぜんぜんこっそりじゃないけど」

アハハハーア、とママが笑って、

「えー、そんなの、してたって言うわけないじゃないですか。みなさん正直におっしゃるんですか？　いや、だから私は処女ではないですよ、たぶん」

と女のひとが言って、「たぶん！」とお笑いタレントが叫び、「処女ではないですよ、たぶん」というテロップが出た。

ママはその番組が終わる前に寝室へ引き上げた。毎日午後五時にやってくる家事ヘルパーさんに、酔っ払っている姿を見られたくないからだ。うちはずいぶん前から週に一回お掃除や整頓をしてくれるヘルパーさんに来てもらっていて、最近、毎日夕方にごはんの用意をしてくれるひとも来るようになった。

私はそのひとのために玄関のドアを開けたけれど、二時間後に彼女が帰るまで、ずっと自分の部屋にいた。ひとりでうろうろしていると、ヘルパーさんがちらちら気にして、何か言いたそうにするから。実際に一度言われたこともあって、でも「お母さん、大丈夫？」とか聞かれたって私には「さあ」としか答えられないから、本当にいやなのだ。

　部屋にこもっている間、姉さんにメールを書いた。テレビで女のひとを見たことは書かなかった。あの女のひとがパパと「できてる」ひとだとすれば、姉さんのお母さんだということになるけれど、いくらなんでもちょっと若すぎるから。もちろん姉さんにそのことを伝えれば、きっとうまい説明をしてくれるだろうけれど。今日はほかに聞かなければならないことがあった。ダイヤモンドウォーターで濡れたパンツをどうすればいいか。昨日、あれがはじめて出たときは、あんまりびっくりしたから、パンツはトイレットペーパーにくるんで生ゴミ用のゴミ箱に捨ててしまったのだった。でもあれが姉さんの言う通り幸福の水《ダイヤモンドウォーター》なら、パンツを捨ててはいけない気がする。洗濯機にも入れたくない。

　どうしたらいい？　姉さん。

　姉さんからの返事はすぐに来た。ヘルパーさんが私の部屋のドアをノックして「お食事の支度ができました」と言いに来る前に。私と姉さんはパソコンのメールソフトなんか使わない。頭の中でメールのやりとりをすることができるのだ。私はパンツをスカートのポケットに入れたまま、ヘルパーさんが作ったごはんをひとりで——パパは平日は夜中まで帰ってこないし、ママがいないとき、ママは食事というものをほとんどしないから——食べた。

それから姉さんの言う通りにした。

今日もぜんぜん寒くない。

私は大きな赤い花がプリントされた黄色い長袖《そで》Tシャツに黒いショートパンツにハイソックス、上にはピンクのGジャンを着ていくことにした。私は服をどっさり持っている。お酒を飲んでいないとき、ママはネットショッピングをしていて、自分のものを買うのと同じくらい、私の服も買うから。ママが買う服はどれもファストファッションじゃなくて、海外のサイトのばかみたいに高いやつだ。琉々ちゃんは顔はパパに似ちゃったけど体型はママ似だから、体型が引き立つようなお洋服を着ればそれなりにかわいく見えるわよ、とママは言う。それは本当のことだと私は思っているから、コーディネイトをちゃんと考えて、どっさりある服を毎日とっかえひっかえ着て学校へ行く。そういうことも、先生にきらわれる一因なのだろう。姉さんは顔も体型も、パパには似なかった。だからすごくきれいだ。私が姉さんくらいきれいだったら、この前姉さんが着ていたような薄いコートみたいなのも似合うんじゃないかなと思う。

校庭ではこれ見よがしに半袖を着てきた男子たちが駆け回っている。それをぼんやり眺めながら歩いていたら、後ろから初音が追いついてきた。おはよう、と言い合って、並んで歩く。

「ダイヤモンドウォーター、まだ出る？」

初音はひそひそと言った。うん、昨日も出たよ、と私は答えた。

「あのさ、それって、オリモノじゃないのかな」

オリモノのことは、四年生のときに保健の授業で教わったから知っている。生理がはじまる頃になると、女の子なら誰でも出るようになる、と。でも、私は首を振った。

「違うよ、私のはダイヤモンドウォーターだよ」

「昨日、お母さんに聞いてみたら、オリモノじゃないかしらねって言ってたよ。琉々ちゃん、もうすぐ生理がはじまるんじゃない？　って。ナプキンとか、用意しておいたほうがいいかもって」

「お母さんに言ったの？」

私たちは下駄箱のところにいた。初音がオリモノとか生理とかの気持ち悪い話をしている間、そこに立ち止まっていたから、上履きに履き替えて教室に向かう子たちがへんな顔で見ていった。

「言っちゃだめだった？」

初音はおずおずと言う。私が怒ったように聞いたからだろう。実際、私は腹が立っていた。

「初音には話したけど、初音のお母さんにまで話したわけじゃないもん」

「でも、ひみつだって言わなかったじゃない」

「言うなんて思わなかったから。友だちの大事な話を親になんて、私だったらぜったいに話さないよ」

「大事な話だなんて、思わなかったし」

「大事な話に決まってるじゃない」

そう言い返したら、涙が出てきた。そのことを知られたくなくて、ひとりでどんどん廊下を歩いた。俯《うつむ》いたまま席について、なんとか泣くのをがまんしていたら、ずっと遅れて自分の席に座った初音が後ろから私の肩をたたいた。私は振り返らなかった。

「琉々さあ」

と初音は私の背中に向かって、小さな声で話しはじめた。

「ダイヤモンドウォーターのこと、あんまりみんなに言わないほうがいいと思うよ。あと清家先生たちのこととか、超能力のこととか、お姉さんのこととかも。琉々は嘘吐《つ》きだって、杏たちが言いふらしてるよ」

初音は天然なところがあるけれど、やさしい子だということが私にはわかっていた。それでも私は振り返らなかった。またあたらしい涙が出てきたからだ。

そういうことがあったから、その日の午後の音楽の時間は、私は初音たちと離れて座ることになった。音楽室では好きな席に座れるのだが、私は初音と一緒に行かなかったし、杏や千聖が初音を手招きして、初音はそっちへ行ってしまったから。でも、かまわない。ダイヤモンドウォーターが出た私は、もうあの子たちとは違うんだから。私はそう考えることにした。

岡先生がピアノを鳴らす。椅子《いす》には座らず、横に立って、片手を鍵盤《けんばん》、もう片方の手で本を持っている。今日は「オールド・ブラック・ジョー」を英語で歌う、ということになっていて、先生はこの歌ができた時代のことなんかを説明しているところ。説明の合間合間に、ポロンポロンとピアノを鳴らす。岡先生は男子のほうに人気があって、女子からは「キモい」と言われている。

姉さんは岡先生と清家先生が一緒のところを見たけれど、私は見ていない。私が見たのは、岡先生が奥さんや子供と一緒に歩いているところだ。去年の夏だった。だいきらいな夏休みのある日。

どうしてだいきらいかというと、家にいるとその間じゅう、お酒を飲んでいるママと一緒にいなければならないからで、だからその日も私は用もないのに町をうろうろしていた。昼間の一時、いちばん暑い時間帯だった。町中で子供が過ごせる場所なんてかぎられている。ひとりでお店に入ることなんてできないし、スーパーやコンビニで時間を潰《つぶ》すのにも飽きてしまったし、私は駅舎の中の、切符売り場の近くの壁にもたれてぼんやりしていた。そこなら子供がひとりでいても、誰かを待っているように見えるだろうから。改札に入っていくひとや改札から出てくるひとをずっと見ていたら、実際、誰かと待ち合わせしているような気持ちになった――ごめんね、待った？　と手を振りながら、誰かが私を見つけて、ニコニコ笑って、駆け寄ってくるみたいな。そういう奇跡が、こうして立っていればいつかは起きるような気がした。

でも、いつまで経っても奇跡は起きなくて、そのかわりに岡先生たちがあらわれたのだった。学校に車通勤している岡先生とその家族が、どうしてこの駅から電車に乗ることになったのかはわからないけれど、先生も奥さんもスイカは持っていないみたいで、階段を下りてくるとすぐに切符売り場のほうへ曲がった。岡先生は私に気づいた。自分が勤めている学校の、自分が教えている四年生の子が壁際に立っていることに、ぜったいに気づいていた。でも気がつかないふりをして、すいと背中を向けた。学校がお休みで家族と一緒にいるときにまで、生徒とかかわり合いたくないと思ったのかもしれないし、岡先生も私のことがきらいだったのかもしれない。

　岡先生の奥さんは色が白くてちょっと太っていて、レースのブラウスに紺色のダボッとしたパンツを穿いていた。子供は女の子の双子だった。赤いイチゴがついたヘアゴムで同じように髪を結んで、同じ花模様の服を着て、同じピンク色の小さな靴を履いていた。岡先生はストライプの半袖シャツにピタピタのホワイトデニムという格好だった（私を無視したのは、ピタピタデニムを穿いていたせいもあったのかもしれない）。岡先生と太った奥さんは券売機の前で交互にお金を入れたりタッチパネルを押したりして、その度に小突きあったり、大きな声で笑ったり、ふたりの足元でちょろちょろしている子供たちに声をかけたりしていた。学校の先生にも家族がいるんだなあと、当たり前のことを私は考えていた。奥さんがいて、子供がいて、お休みの日には行くところがあって、そして今日の終わりには、自分たちの家に戻ってくるんだなあ、と。ようやく切符を買うことができた岡先生たちが、それぞれ子供を抱き上げて、一列になって改札を通り抜けるまで、私は見ていた。

　岡先生がピアノの前に座った。今度は両手でちゃんと弾《ひ》く。「オールド・ブラック・ジョー」の前奏だ。最初は岡先生だけが歌うのだ。

　そうだ、姉さんからはじめてメールが来たのは、あの日の夜だった。

岡先生が歌いはじめると、私は思い出した。あの、駅で岡先生たちを見た日の夜だった。ひとりで夕食を食べていたら、突然頭の中で「ピロン」と音がして、姉さんからのメールが届いたのだ。姉さんは、パパと「できてる」女のひとの子供だった。だから私とは、半分だけ血が繋《つな》がっている。姉さんはその女のひととふたりで暮らしているけれど、平日の夜はパパが来る。平日、パパがうちに夜中まで帰ってこない理由も、それでわかった。

仲良くしましょうね、と姉さんは書いてくれた。なんでも私に話してね、ひみつの話をしましょうね、大人たちは勝手にやればいい、私たちは私たちで、楽しくしあわせに生きていきましょうね、と。

日曜日、私が目を覚ましたときにはママはもう起きていて、髪をきちんととかし、薄くお化粧をして、すみれ色のモヘアのワンピースを着ている。今日はパパがいるからだ。平日は私が学校へ行ってから起きてくる（らしい）パパも、日曜日には私やママと一緒に朝ごはんを食べる。ダイニングにはパパが選んだ音楽が流れていて、テーブルの上にはママが作ったサラダやキャベツ炒《いた》めやゆで卵が並んでいる。

「いい考えがあるんだけど」

と、ママが言う。たぶん、タイミングをずっと考えていたせいで、その声は裏返っていて、へんな発音になっている。パパがぱっと顔を上げてママを見る。日曜日に喋り出すのはいつもママからで、ママが喋ると、パパは部屋の中に雨でも降ってきたみたいな様子になる。

「お昼ごはんは外で食べない？　あたらしくできたカフェに行ってみたいの。ねえ琉々ちゃん、あのカフェ、あなたも行ってみたいでしょ？」

私は返事をしなかったけれど、パパが「いいね」と答えた。日曜日のパパはママが何を言っても、たいていは賛成する。

「琉々ちゃん、これ何？」

朝ごはんのあと自分の部屋にいたら、ママが覗き込んだ。手に、私のパンツを持っている。この前の夜、姉さんから言われた通り、ママのバッグの中に入れておいたパンツだ。

「パンツだよ」

だから私はそう答えた。

「へんなイタズラを思いつくのねえ、まったく」

ママはそれだけ言うと、パンツを私の部屋の中にあるゴミ箱に放り込んだ。イタズラじゃないよ。ダイヤモンドウォーターだよ。私はそう言おうと思っていたのに、それより早くママは部屋を出ていってしまった。パンツが濡れていたことに気がつかなかったのだろうか。気がついたけれど、どうでもいいことだったのかもしれない。

それから間もなく、私たちは三人でマンションを出た。朝ごはんを食べてからまだそんなに時間が経っていなかったけれど、パパが「行くぞー」と号令をかけたのだ。パパはきっと、日曜日をさっさと終わらせたいのだろう。

今日もやっぱり暑いくらいの日だった。どうなってんだ、と言いながらパパは途中でジャケットを脱いだ。パパは背が低くてちょっとタヌキに似た顔をしていて、はっきり言ってカッコよくない。それなのにモテるのだとママは言う。「自分の立場をユウコウカツヨウしてるのよ」と。でも、日曜日のママはそんなことは決して口に出さない。どうなってんだ！　とパパの口真似《くちまね》をして、ケラケラ笑う。

カフェの中は、この前私が姉さんと来たときとはぜんぜん違って見えた。壁と床はつるつるしていたけれどなんだか安っぽくて、花瓶に挿してある花や枝は作りもので、黒い服を着た店員たちはバタバタと忙しそうに行き来していて、私たちのほかにも家族連れのお客が何組も来ていて、小さな子供たちが騒いでうるさかった。メニューのどこを探しても「シャルラ」は見つからなかった。パパはビールとハンバーガーを、ママはクロックムッシュのセットを、私はラザニアのセットを注文した。

　ママがそわそわしはじめたのがわかった。最初は、すてきなお店ねとか、やっぱりあたしもハンバーガーにすればよかったかしらとか、あれこれパパに話しかけていたけれど、そのうち黙って、自分の腕を揉《も》んだり、さすったりしはじめた。料理より先にパパのビールが運ばれてくると、ママはぴょんと立ち上がって、「トイレに行ってくる」と言った。料理が運ばれてきても、ママは戻ってこなかった。「腹でも壊してんのかな」とパパは呟《つぶや》いて、食べはじめたから、私もそうした。私もそうだったけれどパパはあまりお腹が空《す》いていないみたいだった。間もなくパパは椅子の背にかけてあったジャケットからスマホを取り出してちらりと見て、「あ、ちょっと仕事の電話が入ってるから」と言って店の外に出ていった。

　私はラザニアをフォークでつついた。ぜんぜん食べたくなくなってしまった。お腹がまたへんな感じになっていた。私はフォークを置いて、トイレへ行った。洗面台の向こうに女性用と男性用のトイレが並んでいて、私は女性用のほうのドアをそっとたたいて、「ママ」と呼んでみたけれど返事はなかった。ママはパパの前ではぜったいにお酒を飲まない。でもバッグの中にウイスキーを入れた小さな水筒みたいなのを持ってきていることを私は知っている。

　この前みたいに下腹がきゅうっとなって、熱いものがパンツの中に広がった。私は仕方なく男性用のトイレに入った。パンツは血で真っ赤になっていて、便器に座ってオシッコをすると、オシッコと一緒に血がポタポタ落ちた。私はトイレットペーパーで血が出てくる場所をゴシゴシ拭いて、パンツも拭いて、気持ちが悪いのをがまんしてそれをまた穿いて、トイレを出た。女性用のトイレはまだ閉まっていた。席のほうを見るとパパもまだ戻っていなかった。熱いものがまたパンツを濡らすのがわかった。私はどうしていいかわからなくなって、女性用トイレのドアをたたいた。さっきよりも大きく。「ママ」と呼んだ。ママは出てこない。

私はぎゅっと目を閉じた。涙が瞼《まぶた》から頬《ほお》の上に溢《あふ》れて、目を開けると、姉さんが見えた。姉さんには超能力があるから、どこにいたって、私が困っていることがわかるのだ。テレポーテーションであっという間に私のところへ移動できるのだ。ほら、姉さんが来る。だからもう大丈夫。姉さんが近づくと、黒い服の店員やうるさい子供たちの体は半透明になる。姉さんは彼らの体を通り抜けて、やさしく微笑《ほほえ》み、「大丈夫。大丈夫」と歌うように囁《ささや》きながら、私に向かって歩いてくる。

檻《おり》

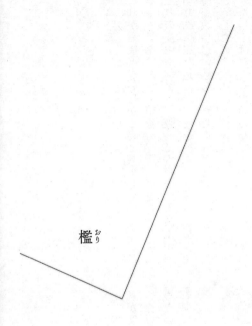

これが最後と思いながら妻と散歩していたら、ひどく息が切れた。別荘地は八ヶ岳《やつがたけ》の裾《すそ》にあってアップダウンが多く、運動になるようにとなるべく坂を上ることにしている。その上りの途中で伸輔《しんすけ》は、吸っても吸っても酸素が取り込めないような感じを覚えて、路肩の切り株に座り込んだ。花を摘《つ》んだり写真を撮ったりして少し遅れていた妻の曜子《ようこ》が、その前を数歩追い越してから振り返る。

「どうしたの？　休憩？」

「うん……けっこうきついな、この坂は」

「おじいちゃんね、もう」

からかいながら、曜子は彼の足元に直《じか》に座った。五十二歳で、彼よりちょうど十歳下になる。出会った頃は十歳ぶんの若さが存分に彼の心や体を騒がせたが、今はもう歳の差はほとんど感じられない。とはいっても、妻はこの坂で息ひとつ切らしていない。

「よし、行くか」

　伸輔は自分を励ますように言って、立ち上がった。来た道を下って戻りたい気持ちを抑えて、上っていく。五メートルも歩かぬうちに息苦しさが戻ってきた。曜子が彼を追い越し、どんどん差が開いていく。今日はひどい、と伸輔は思う。今年最初の別荘滞在で、今日が五日目になるが、初回の散歩のときから何か調子が悪いと感じていた。気のせいだとか標高にまだ体が慣れていないせいだとか理由をつけていたが、そうじゃない。状態は日に日に悪くなっている。

　別荘に戻ると伸輔は「ちょっと風邪をひいたみたいだ」と妻に言い、ベッドに横になった。そのまま眠ってしまい、眼が覚めるともう夕食の時間だった。予定していた計画は明日以降にするしかなかった。

「大丈夫？　消化のいいものを作ってみたけど」

「うん」

　息苦しさはもう消えていた。坂を上らなければ何ともないのだ。だがさっきの感覚と不安が胃の周りに蟠《わだかま》っていて、あまり食欲がわかなかった。

「熱を測ってみたら？」

「いや……風邪じゃないかもしれない」

妻の言葉に促《うなが》されるようにして、そう言ってしまった。

「肺がおかしいんだ。さっきも坂の途中でへばったろう？　あれは足腰じゃなくて息が上がったせいなんだ。今年ここへ来てからずっとそうなんだよ」

「いやだ……」

曜子の顔がさあっと曇る。まさに晴天に雨雲がかかったときみたいだと伸輔は思う。妻は健康にかんして心配性なところがあり、ちょっとした不調でもすぐにネットで検索して過剰な情報を仕入れてくる。だから今回もずっと黙っていたのだが、結局言ってしまった。

「私もちょっと心配はしていたのよ。あまり言うとあなたがいやがるから言わなかったけど、この頃よく咳《せき》をしているもの」

「咳は……前からのことだよ」

ぎょっとしながら伸輔はそう言った。咳のことも気がかりではあったのだった。だがこちらはまだ気のせいということで収めていた。やはり、妻が気づくほど咳《せ》き込んでいたのか。

「病院で診《み》てもらわないと……」

早速スマートフォンを操作しながら曜子が言った。きっと「息苦しい　咳」で検索しているのだ。あるいは「肺がん　症状」かもしれない。

「東京に戻ったら行くよ」

その場しのぎに伸輔は答えた——東京にはもう戻らないつもりだったのに。

普段の半分も食べられずに食事を終了すると、テラスに出て煙草《たばこ》を喫《す》った。さほど喫いたい気もしなかったのだが、喫えることをたしかめるために。しかし最初の煙を吸い込んだとたん、それを押し戻すような咳が出た。咳はしばらく止まらず、胸が痛くなってきて体を半分に折った。思わず振り返り家の中を窺《うかが》う。妻はキッチンにいて気づいてはいないようだ。

細い紐《ひも》のようだった不安が今は太くて硬いロープのような感触になり、胃ではなく肺を締め上げているようだった。この感じには覚えがある、と伸輔は思った。黙っていればそのままなかったことにもできたのに、言葉にしてしまったことで顕在化する。自分のせいでもあるが、妻が加担することで悪化する。そうして取り返しがつかなくなるのだ。いつのことだったろう——いや、自分の人生はそういうものばかりでできているような気がする。

ちょうど今の自分たちと同じか、少し上くらいの年回りの夫婦が海辺の別荘に滞在していて、ある日男が失踪《しっそう》する。ふたりでビーチに出たのだが、彼の妻がうたた寝をしている間に男は消える。遊泳中に溺《おぼ》れたとしか考えられない状況だが、何日経っても溺死体《できしたい》は上がらず、彼女は夫の死を受け入れられない。

そういう映画を、何年か前に伸輔は曜子と観た。DVDを借りてきたのだが、家で映画を観るような習慣ができたのは定年退職してからだから、去年か一昨年《おととし》のことだろう。物語の主眼は喪失と、それを受け入れていく心の動きにあったのだろうが、伸輔が自分を投影したのは男のほうだった。溺れ死んだのではなかったのだとしたら、と考えたのだ。劇中の妻は長い間その可能性に縋《すが》っているが、やがては夫が死んだことを認める。だがじつはそれこそが——彼女が夫の生還を信じている間、周囲の者たちが囁《ささや》いていたように——「現実から目をそらす」認識だったのだとしたら？　男は海から上がり、眠っている彼の妻の横をひたひたと歩いて、浜辺を立ち去り、別荘には寄らずそのままどこかへ歩いていったのだとしたら？　男は大波や突然の心臓発作などによってではなく、自分の意思で、彼の妻の前から姿を消したのだとしたら？　彼の妻が悲しみに沈み、やがて絶望の底から少しずつ浮かび上がるというプロセスを辿《たど》っている間、男は歩き去っていった先の、彼女が与《あずか》り知らぬ場所で、それまでとはまるでべつの、彼女が与り知らぬ人生をそろそろと生きはじめていたとしたら？

仲輔はそう考えて、その前提のもとに男の気持ちを想像した。いつしか、男を羨《うらや》んでいた。その羨望は以来ずっと仲輔の中にあって、今では彼のかたちそのままに内側で膨《ふく》らんでいた。そうして、とうとう決心したのだった。

退職金の一部を使って二年前に買った別荘の前には、海ではなく池がある。別荘の開発業者が造った人工池で、四月の今でなくても泳ぐ者などいないし、溺れた者が見つからないほどの広さも深さもない。仲輔は煙草を喫いながら、テラスに面した掃《は》き出し窓を通して池を眺める。今日もやはり喫いたいというよりは喫おうと思って喫っているので、あまり旨《うま》くは感じない。喫煙の習慣は十八のときからになる。池の畔《ほとり》にいるのは曜子で、簡易椅子《いす》に座ってスケッチをしている。

十七年前、仲輔が曜子と出会ったとき、曜子は渋谷《しぶや》区内にある絵画教室でアシスタントのようなことをしていた。その教室がある一帯の開発を仲輔の会社が請け負っていて、地上げ交渉の担当が仲輔だったという縁だった。絵画教室は取り壊され、曜子は仲輔の妻になった。当時すでに老齢だった絵画教室の主《あるじ》は、相応の金を携えて伊豆《いず》の娘の家へ移ったはずだが、たぶん今はもう死んでいるだろう。

出会った当時、仲輔には家庭があった。曜子と一緒になるために、妻と、十七歳と十八歳の年子の娘たちを捨てたのだった。同い年の妻との仲は十年以上前から冷え切っていたが、曜子と会うまでは離婚など考えたこともなかった。曜子は美大を卒業したあと、いくつかの職業を転々として、その時たまたまその絵画教室にいた。最初、彼のことを悪魔の使いのように見做《みな》してひどく感じが悪かったが、うちとけるにつれ、師である老画家よりも彼女のほうがよほど自由な精神の持ち主ではないかと伸輔は感じるようになった。その自由さが彼を猛烈に引きつけた。曜子を手に入れれば、自動的に自分も彼女と同じくらい自由になれると思ったのかもしれなかった。

伸輔が正式に離婚するまでに数年がかかり、曜子と籍を入れたときには彼女はもう四十の手前だった。あらたに子供を作ることは考えなかったが、それはどちらかといえば伸輔ではなく曜子の意思だった。あなただけいればいい、と、あたらしく妻になった女は言い、そのようにふたりはそれ以後の日々を過ごしてきた。結婚後、曜子は新居の一部で幼児や小学校低学年の子供たち向けの絵画教室を開いた。幼い声で賑《にぎ》わっていた時期もあったが、次第に託児所みたいな様相を呈《てい》してきて、周囲に子供の数が少なくなったここ数年は、気まぐれに教室を閉めて別荘に何週間も滞在しても、誰からも苦情が来ないような状況になっているのだった。

この別荘を見つけたのは伸輔だった。関連会社が扱っている物件をたまたま目にして即決した。窓の向こうに広がる池の景色は美しく、同じ別荘地内でも、ここほどのロケーションの区画はない。古家のリフォーム費用まで入れると安くはなかったが、どうしても手に入れたかった。自分にはこの家が必要だと思った。別荘はあらたな窓みたいなものだった。だがそれも、すでに二年前のことになる。

春の到来は、こちらが東京よりもひと月ほど遅い。池の向こう岸に植えられたというよりは勝手に生《は》えてきたような細い桜の木が一本あって、ようやく花が咲きはじめている。ソメイヨシノよりもずっと小さくて白っぽいその花がついた枝が揺れて、散策の老人だろうかと思ったら、鹿だった。小柄な雌《めす》が一頭、ゆっくりとこちらに歩いてくる。鹿を見かけるときにはたいていは数頭の群れで、一頭だけというのはめずらしかった。画板の上に集中している曜子は気づいていないが、鹿のほうも曜子の存在に気づいていない。椅子に座っている曜子自体が、誰かが置き忘れた椅子のように見えているのかもしれない。すぐ後ろまで近づいている。

――と、曜子が筆を洗うために体を回した。鹿は瞬間立ち止まり、それから曜子の後ろを駆け抜けた。それで曜子も気づいて、鹿を目で追った。鹿が見えなくなると妻は別荘のほうに振り返った。

仲輔は思わず後ずさった。カーテンを開け放っている窓は素通しだが、光量的に外から家の中は見えづらいとわかっている。それでも窓から離れて壁際に身を潜《ひそ》めた――どうして隠れなければならないのか自分でもわからないまま。

その日は散歩には行かなかった。それで息が切れることもなく、忘れていられる時間が長ければ不安もそれなりに薄まっていくようだった。だが夕食の前になって気温が下がると、ひどい咳に見舞われた。咳き込んでも咳き込んでも、胸から喉《のど》の辺りのもやもやが取れず、むきになって強く吐き出したら痰《たん》に血がひと筋混じっていた。

その血のことを伸輔は曜子に言わなかった。だが食欲はどうしようもなく今夜も落ちて、結局曜子が食事の終わりに「やっぱり病院へ行くべきよ」と言った。

「だから、帰ったら行くと言っているだろう。こっちで病院にかかったって、検査結果が出る頃には東京に戻っているんだから」

苛立《いらだ》ちを抑えられぬまま伸輔は言った。今の妻に対してこんな口の利《き》きかたをすることはこれまでなかったと思い、そのことまでが不安を増幅させる。

「予定を早めて明日にでも帰ればいいじゃない。工事しながらだって、生活はできるでしょう」

曜子の言葉で彼は思い出した。この別荘のリフォームを頼んだプランナーを妻が気に入って、東京の家の外構と浴室のリフォームを頼んだのだった。今回の別荘滞在中に終わらせてもらうことになっている。

「いやだよ、うっとうしい。風呂だって使えないだろう」

実際のところ、明日にでも東京に戻って検査を受けたい気分になりかかっていたのに、伸輔の答えはそういうものになった。日中だけのこととはいえ工務店の職人がうろうろしている家で、息苦しくなったり咳をしたり検査結果が出るのをじりじりして待ったりしなければならないのはまっぴらだと思った。リフォームか、と伸輔は苦々しく思う。もちろん曜子に相談され、自分も了解したことなのだが、何か罠《わな》にかかったような心地がする。

「ずっと心配させられているほうがうっとうしいわ」

曜子の口調も幾分尖《とが》ったものになる。

「心配しすぎなんだよ」

「毎食何を作ってもろくに食べてもらえなかったら、心配しないわけにいかないでしょう」

「たまにはそういうことだってあるよ。俺はもう六十二なんだぞ」

「六十二だから、心配なのよ。自分だけのことじゃないでしょう。あなたが病気になったら看病するのは私なのよ」

「いいよ、看病なんてしなくても」

売り言葉に買い言葉で、そんなことまで伸輔は言った。実際のところ計画を実行すれば、病気になろうが野たれ死のうが曜子がかかわることはないのだ、という思いが浮かんでくる。

「なんなの、その言いかた……」

曜子の声が一段高くなるのとほぼ同時に、間の抜けた音が響いた。ラインの着信音だ。発信源はテーブルの端に置いた伸輔のスマートフォンだった。

ふたりとも気をそがれて黙ってしまった。再び着信音が響く。少し間をおいてもう一度。ラインは夫婦間の連絡手段にもしているし、それぞれ何人かの友人知人とも繋《つな》がっているが、どちらのスマートフォンもさほど頻繁《ひんぱん》には着信音を鳴らさない。

「ラインが来てるわよ」

言わずもがなのことを曜子が言って、「うん」と伸輔は生返事した。誰からなのか曜子は気になっているのだろうし、伸輔は送信者を察していた。

「見ないの？」

そうまで言われて見ないのはへんだから、仕方なく伸輔はスマートフォンを手に取った。やはり千夏《ちなつ》からだった。

「誰？」

曜子が聞く。そんなふうに詮索《せんさく》することは正しいのかと思いながら、「娘」と短く伸輔は答えた。

「娘さんとラインしてるの？」

「うん」

してるから着信があるんだろうと胸の中で言いながら伸輔は頷《うなず》く。ようするに夫が先妻の娘と繋がっていることが曜子は面白くないのだ。

「なんだって？」

それも聞くわけか。俺は答えなければならないわけか。

「彼女が入院したらしいんだ」

結局、伸輔は答える。

「彼女って？　娘さん？　どっちの？」

「いや……娘じゃなくて、その母親。前の妻」

「前の奥さん？　どうしたの？　病気？」

「病気じゃなくて怪我《けが》。足首を折ったらしい。自転車で転んで……」

「ああ……骨折したのね。お気の毒ね」

致命的な病気などではなかったことにほっとすればいいのか苛立てばいいのか、自分でも決めかねているような口調で曜子は言った。だが、それ以上は何も聞かなかった。伸輔を病院へ行かせる話ももう打ち切りにしたようで、汚れた食器を持ってキッチンへ行ってしまった。

その間にラインの返信をしたらというつもりなのかもしれない。先妻が骨折して、それをどうしてあなたに知らせてくるのと聞かないのは、心遣いなのかもしれない。だがその心遣いすら、伸輔は自分の周囲にあらたに設置された檻《おり》の柵《さく》のように感じた。

翌日の午後には再び散歩に出た。

風もなくよく晴れた日だったし、心配しすぎなんだと言い張った手前、「散歩はどうする?」と聞かれれば頷くしかない。

散歩のルートは習慣的に伸輔が決める。できるだけなだらかな道を選んで歩いた。それでも起伏は避けられず、やはり息が切れてくる。懸命に歩いているのにどうしても妻から遅れがちになり、まるで曜子がわざと早足になっているかのように思えてくる。

「昨日、鹿がいたな」

妻の歩みを止めるために伸輔は話しかけた。

「鹿？　いつ？」

曜子は少しだけ速度を緩《ゆる》めて、けれども振り返らずに聞き返した。

「だから昨日、曜子がスケッチをしてるときにさ。雌の鹿が一頭、後ろを通っていっただろう」

「そうなの？　気がつかなかったわ」

そっけなく曜子は言う。気がつかなかったはずはないだろう。軽い動揺とともに伸輔は思う。あのとき曜子は振り返ったのだから。気づかなかったことにしたい理由はなんなのか。振り返って家のほうを見たとき、俺が隠れたことに気がついたせいだろうか。それとも昨夜の、娘からのラインが曜子の心理になんらかの影響を及ぼしているのか。

曜子は再び、すたすたと歩いていく。今日は花も摘まないしスマートフォンもデニムのポケットに入れたままだ。俺の体を心配しているわりには俺の歩調は気にしないんだなと伸輔は思う。心配よりも怒りのほうが勝《まさ》っているのかもしれない。そうだ怒りだ。曜子は怒っているのだろう。自分では、俺が病院に行こうとしないことを怒っているつもりかもしれないが、実際のところはラインの件に拘泥《こうでい》しているのだろう。俺が娘たちとラインで通信していたことを、どうして黙っていたのか、別れた妻が骨折したことが、どうしてわざわざ俺に知らされるのか、そのことについて昨夜より前に俺は知っていたのに、どうして曜子に伝えなかったのか。怒るのはもっともだと仲輔は思う。俺が曜子でも怒るだろう。だがどうしようもない。伝えたって不快になるに決まっているのだから。

「こっちだよ、こっち」

彼を待たずにさらに上へ進もうとする曜子を仲輔は呼び止めた。はーい。不服そうにも、馬鹿にしたようにも聞こえる返事をして曜子は夫に従って右に曲がる。ここからは下りだ。遠回りだが、それで自分たちの別荘に戻れる。

呼吸が少し楽になってくるとまたべつの気がかりが仲輔の中で膨らんできた。昨日、千夏にラインの返信をしていなかった。開いてしまったから「既読」であることは娘に伝わっているはずで、それならどうして返事がないのだと思っていることだろう。娘がメッセージを連投して知らせてきたのは、病院名と病室番号、手術の日取り、病院規定の面会時間、それに予想される手術・入院の費用だった。先妻は食品デリバリーの営業職だったが、定年退職後は家政婦派遣サイトに登録して仕事をしていたらしい。フリーランスなので働かなければ収入は途絶《とだ》える。前職の退職金も微々《びび》たるものだったので、ちょっと厳しい状況になっているのだと。先妻が仲輔の見舞いを喜ぶとは思えず、主眼は最後の経済的な問題だろう。だからどうしろとは娘は書いてこなかった。察しろということだろう。

俺の退職金は微々たるものではなかったし、年金もそれなりの額を受け取っているから、もちろん入院費そのほかを出してやるのはかまわない。伸輔はそう考える。だが援助の要請は、先妻の意思なのか娘たちだけが考えていることなのか。先妻の意思がかかわっていなかった場合、俺が出した金を彼女は受け取るだろうか。何かまた妙なふうにこじれはしないか。そして彼女が金を受け取ったにしても、そのことを曜子にどう伝えればいいのか。離婚後、娘たちが就職するまで、養育費の名目で毎月送金していた。自分の身勝手の代償として、先妻や娘たちのためというより自分の心の安定のために、そうすることが必要だったのだ。そのことは曜子も知っている。だがそれで償《つぐな》いは完了したと思っているだろう。このうえ金を出すことをどう思うだろうか。金の動きはすぐに曜子に知れるだろう。隠したとして、いつかひょんなことからばれたときのことを考えるとぞっとする。ラインと同じだ。絶対にばれないように画策すればいいのか。画策自体も、そのひみつを抱え込むことも、とてつもない労苦に思える。罠だ、と伸輔は感じる。罠にかかったようなものだ。これも檻だ。気がつくと、鉄柵の中に追い込まれている。鉄柵がどんどん狭《せば》まってくる。

ゴールデンウィークまでまだ日がある四月のこの時期、別荘地内は閑散としている。緑よりも茶色や灰色が多い山肌と似たような色合いの老夫婦が上ってきて、互いに小さく会《え》釈《しゃく》してすれ違う。あの老人もそうだろうか、と伸輔は思う。やっぱり鉄柵に追い詰められているのだろうか。離婚したら自由になれると思っていたのに、会社を勤め上げたら自由になれると思っていたのに、東京を離れた景観のいい場所に家を持ったら自由になれると思っていたのに、開いたと思った窓は呆気《あっけ》なく塞《ふさ》がれ、鉄柵があいかわらずじりじりと狭まってくるように感じているのだろうか。あんな年齢になっても。そうなのだろう、きっと。伸輔は思う。あのひともそんな顔をしていた。俺たちは同じ顔をしていた。

池とは反対側の敷地内に停めてあるレンジローバーのフロントガラスに、黄色いシベのようなものが降り積もっている。何かはわからないが、この種のものは時間が経つとこびりついて取れにくくなるということは、別荘地に二年通ううちに学習している。

「車を拭《ふ》いてから入るよ」

曜子にそう言ったのは嘘《うそ》ではなかったが、妻が先に家の中に入ったあと、トランクから出した雑巾《ぞうきん》でフロントガラスを拭《ぬぐ》うと、伸輔は車に乗り込んだ。そのまま車を発進させる。

スピードを出すわけでもなく、普段と同じ力でアクセルを踏む。それでもブレーキを踏まないかぎり、車は着々と別荘から離れていく。今にも家から曜子が飛び出してくるかもしれない。どこへ行くつもりなのと叫びながら追いかけてくるかもしれない。けれどもそうならないまま、池の向こうまで来た。曜子が窓のそばにいれば、この車が見えるだろう。スマートフォンが鳴るかもしれない。しかし鳴らない。もう池からも離れていく。伸輔の胸の鼓動は速くなった。不安と恐怖と高揚と歓喜とが同じ分量ある。離れていく。別荘から。曜子から。これまでの生活から。これまでの人生から。頭の中には、海水パンツ一丁で肩にタオルをかけただけという姿で、すたすたと浜辺を歩き去り、斜面を上って、海岸沿いの舗装された道路を裸足《はだし》でひたひたと歩いていく男の姿が投影されている。

車は別荘地を出た。どこへ行くかは考えていなかった。高速道路には乗らず、山道を東京とは逆方向に走った。別荘からも、東京からも遠ざかる。それを当面の目標にしよう。適当な町で車を停めよう。ホテルを探して泊まって、翌日のことを考えよう。家を探そう。小さなアパートでいいんだ。落ち着いたら、曜子に毎月送金する算段をしよう。居所がばれない工夫を考えなければならない。手紙は書かない。メールも、もちろんラインもだ。誰ともう、繋がらない。家も別荘も家族もいらない。先妻も娘たちも曜子もいらない。自由になる。俺は自由になる。窓を開けて、もう誰にも何ものにも塞がせない。

スマートフォンが鳴り出した。助手席に置いていたのだ。ちらりと見ると曜子からだった。それはそうだろう。いっこうに家に戻ってこないと思ったら、車もないのだから。かけてくるのが遅すぎるくらいだ。だが俺は出ないぞ、と伸輔は思う。ゆくゆくはこのスマホは捨ててしまおう。今すぐは無理だ、個人情報を消去しなければならないから。とりあえず今は電源を切っておくことだ。

運転しながら左手を伸ばして取ろうとして、シートの下に落としてしまった。伸輔は路肩に車を停めた。電話はもう鳴り止《や》んでいる。突然消えた上に電話が繋がらないとなれば、曜子はひどく心配していることだろう。可哀想《かわいそう》だが、仕方がない。そういう犠牲を払わなければ自由は手に入らない。

スマートフォンのほうに屈《かが》み込んだとき、咳が出た。そのまま助手席に倒れ込むようにして咳き込んだ。ベージュの革のシートに飛んだ細かい血しぶきを見て、すうっと体の中が冷えた。この前よりもずっと多い、赤々とした血だった。同時にスマートフォンが再び鳴り出した。曜子か。手に取ると相手は千夏だった。どうすればいいか考える余裕もなく、伸輔は応答した。

「今、話しても大丈夫？」

感情をつとめて押し殺したような口調で千夏は言う。娘とメッセージのやりとりではなく直接話すのは久しぶりだ。大丈夫だと伸輔は答えた。大丈夫などではなかったが、そう答えるしかない。

「ラインの返信がなかったから、何かまずいのかなと思って……」

「いや、すまん。ちょっとバタバタしていたんだ。こっちからも電話しようと思ってたところだった」

運転席にまっすぐに座り直し、ティッシュペーパーで助手席の血を拭きながら伸輔は言った。

「こっちの状況はわかってくれた？」

「ああ、わかった。了解したよ。金を送ればいいんだろう」

「そんな言い方しなくたって」

「じゃあ、どうすればいいんだ」

娘を気遣う言いかたを思いつかない。スマートフォンの向こうで、息を呑《の》んだような気配が伝わってくる。

「お母さんに電話一本かけるとか、そういうこともうできないの？」

娘は涙声になっている。

「電話ができるような立場じゃないだろう」

「お母さんはきっと待ってるわ」

「そうは思えないな」

離婚したとき、曜子の存在については先妻と話し合って娘たちにはあかさなかった。だが長女も次女ももう三十代だ。事情はあらかた理解しているのではないのか。家を出てから今まで、娘たちには数えるほどしか会っていない。その間に先妻が、何かお伽話《とぎばなし》みたいなことを聞かせて育てたのだろうか。まさか。彼女は今でも俺をじゅうぶんに疎《うと》んじているはずだ。それともそうではないのか。

仲輔は再び咳き込んだ。それが終わるのを娘が待っている気配があった。だが咳が治まっても、仲輔は何も言えなかった――手のひらで受けた血を凝視しながら。

「もう、いいわ」

千夏がぷつりと電話を切った。仲輔は車を発進させた。待避所を見つけてUターンし、別荘地の手前でコンビニエンスストアに入った。住居用洗剤を一本買う。何も言わずに車ごといなくなった理由を、それで曜子に説明するつもりだった。

結局、仲輔は曜子とともに、翌々日に東京の自宅に戻った。

その翌日に大学病院へ行った。症状を話すと、肺、食道、喉、胃、すべての検査を受けることになった。検査結果を待ちながら次の検査を受けるという日々が、約二ヶ月続いた。

リフォーム工事は中止しなかった。中止にすると験《げん》が悪いような気がしたのだ。職人たちを横目に生活することも、近所の銭湯に通うことも、思ったほどは苦にならなかった。検査結果のことで頭がいっぱいだったから。

ある日病院へ行った帰りに、伸輔は先妻への振り込みもした。娘が知らせてきた金額に少し足した額を、以前に養育費を振り込んでいた口座に入金した。先妻が何か言ってくるかと、検査結果を待つのと同じような心地で待っていたが、「お金ありがとう。助かりました」という娘からのラインが一行届いただけだった。とにかく金は受け取られたわけだが、それが先妻からの伝言なのかどうかもやはりわからなかった。きっとこの先もずっとこうしたことは曖昧《あいまい》なままなのだろう。曖昧だからこそずっと続くのだ。

伸輔の病名はＣＯＰＤ（慢性閉塞性肺疾患）だった。すべての検査結果が出揃《でそろ》って、それが決定した。長年の喫煙の影響で肺が炎症を起こしているらしい。しかしまだ軽いほうだという診断だった。喀血《かっけつ》は、咳で喉が切れたのが原因らしく、深刻なものではなかった。この病気にはこれといった治療法がないが、禁煙することで病気の進行を食い止めることができる。それで禁煙外来に通うことになった。

処方された薬はよく効いている。治療開始からひと月も経たずに、煙草を喫いたいという気持ちはほとんど起こらなくなったが、そのかわりになぜか日中、風呂に入る習慣ができた。今日も伸輔は午後二時に浴室のドアを開ける。そうして毎度のことだが、ぎょっとする。白だった壁が塗り替えられて、ひまわりのようなあかるい黄色になっているからだ。

「あの壁の色は、どうなのかな」

風呂から出ると伸輔は曜子に言った。壁の色を選んだのは曜子だが、伸輔の口調のせいだろう、面白そうに笑う。

「ちょっと失敗したかもね。考えすぎちゃったのよ。まあ、そのうちまた塗り替えればいいし」

「そうだな」

振り込んだ金のことに曜子は気づいているのかいないのか。いずれにしても何も言わない。まだ何も言わない、ということか。塗り替えた塗料の匂いはダイニングやリビングにも漂っている。鼻が覚えてしまったというのか、外にいてもこの匂いを感じることがある。今、伸輔が思い浮かべる「檻」は鉄柵ではなくて黄色い壁だ。あかるい黄色。そこに俺はいる、と思う。別荘から車で逃げ出した数十分の逃避行の、最初の五分ほどの高揚を、遠い昔の少年期の記憶のようにときどき取り出してみながら、伸輔は毎日昼間に風呂に浸《つ》かり、毎食後、禁煙外来で処方された錠剤をきちんと口に入れる。

静かな場所

ときどき、目の前の光景が静止しているように見える。

店にいるときが多い。ターミナル駅と合体した複合ビルの五階、強気な価格設定のセレクトショップの、平日、午後六時とか七時頃。通勤、通学帰りの客がやってきて店内に人が増え、忙しくなる頃。

接客しながら、客が試着した服を棚に戻しながら、ふっと周囲が、一枚の絵みたいに止まって見える。トルソーやハンガーに吊《つ》り下げられた服、棚に陳列された靴やバッグ、観葉植物はもちろん、販売員や客たちもその場でそれぞれのポーズで静止する。何も、誰も、動かない、音もない、ひっそりとしたその場所で、私は今何をしてるんだろう、どうしてこんなところにいるんだろう、と沙織《さおり》は思う。

今日もやっぱりそうなった。でもいつものように、一瞬のことだった。再び、すべてが動きだす――メンズ売り場にいる丈《じょう》も、長い足をキリンみたいに動かして、試着室のほうから戻ってくる。沙織はそちらへ近づいた。接客中の客がさっき試着室へ入って、もう声をかける頃合いだったから。

「今日、ピザ？」

すれ違いざまに囁《ささや》いた。

「だね」

と丈も囁く。ふたりの関係はまだ誰にもひみつだった。公認の仲になるために、そのうち誰かに打ち明けることになるのかもしれないが、ふたりの間でまだそのことは話し合っていない。

「お客様、いかがでしょう？」

試着室のドアに向かって沙織はやわらかく声をかける。ドアが開いて出てきた客を見て、感嘆の声を上げる。最初から感触のいい客だった。十万円強の麻の羽織りは見送られたが、四万八千円の麻のワイドパンツは買ってもらえた。会計をし、客を店外まで見送って戻ってきたとき、また丈とすれ違った。

「やったじゃん」

「まあね」

「滑り込みでもう一桁《ひとけた》いけるよ」

丈が言うのは、今入ってきたばかりらしい女客のことだった。こちらを見ていて、ニッコリ笑う。最近、よく見かけるようになった二十代半ばくらいのきれいな女性で、来れば毎回、五、六万は買ってくれる太客《ふときゃく》だ。初回に接客して以来、沙織のことを覚えていて、向こうからも声をかけてくれる。

「いらっしゃいませ、大賀《おおが》様！」

沙織は満面の笑みを作って、近づいていく。


この日は沙織も丈も早番だったが、大賀さんの接客をしていたから、沙織のほうが店を出るのが遅かった。隣駅まで沙織は徒歩で向かった。梅雨《つゆ》の最中《さなか》でお湯みたいな小雨《こさめ》が降っていたけれど、通勤電車に乗るよりは気分が良かった。踏切の前で立ち止まっていると き、丈からのラインが届いた。ピッツェリアで待っているとのことだった。

踏切を渡り、三百メートルも歩くとその店だった。このまま店に入らずに、どんどん歩いていったらどうなるだろう。店に差し掛かったとき、沙織はそう考えた。どんどん歩いて、駅に着いたら電車に乗って、丈からラインがきても呼び出し音が鳴っても応答しない。これも店内が静止して見えるのと同じで、この頃ときどきあることだった。やっぱり一瞬後にはその考えは消えて、沙織は店のドアを開けた。さっき太客のために作ったのと同じ笑顔で、「イエーイ」と言いながらカウンター席の丈の隣に座る。

「ご機嫌じゃん」

「ご機嫌よ」

「あのあといくら売ったの」

「〝スパイス〟のスカートとサンダル。合計八万六千八百円」

「おーっ」

すでに飲んでいたビールのグラスを、丈は掲げた。メンズとレディースの販売員の売り上げ高は、通常は別々にランキングされるから、お互い気を遣《つか》うということもない。

沙織もビールを注文した。ピザは丈が一枚目のマルゲリータをすでに頼んでいたから、二枚目を相談して、「しらすとアスパラガス」に決めた。静かな、落ち着いた店だが、テーブルはすべて埋まっている。ローマふうピザの人気店で、平日でも予約が取りづらいのだが、常連客と言っていい丈と沙織は、たいていカウンターの端の席を用意してもらえる。

沙織のビールと、前菜のポテトサラダとスタッフドマッシュルームが運ばれてきた。あらためてビールで乾杯する。ビールを飲み終わる頃には一枚目のピザが運ばれてきて、ふたりで赤ワインのボトルを一本追加する。三千八百円のシチリアのシラー、というのも決まっている。ワインに詳しいわけではないのだが、これはおいしい、と思っている――飲みつけているせいかもしれないけれど。ふたりとも酒が強いので、軽々と一本空けてしまい、明日が揃《そろ》って公休日の今夜は、たぶんもう一本頼むことになるだろう。

沙織は丈をじっと見つめた。少し酔ってきたせいもあり、ほとんど無意識にそうしてしまったのだが、丈は気づくと、唇を突き出してウィンクしてみせた。気の利《き》いた、適切な反応ができる男だ、と沙織は思う。そのうえ丈はイケメンだ。ハンサムであるとか美青年であるとか素敵な男であるとかいうより、「イケメン」という言葉がいちばんぴったりくる男――外見というよりは丈という男そのものの印象として――ではあるのだが、イケメンでないよりはいい。アパレルのショップ店員だから服のセンスも悪くない。この点については沙織も同様で、商品を社員割引で買って身につけているからに過ぎないとしても。

丈は二十七歳で、沙織は二十五歳だった。付き合うことになったのは、同じ店に勤めていてたいていは同じシフトで、公休日も同じだったことが大きいだろうが、それでも丈が沙織を食事に誘い、沙織が応じて、その夜が楽しかったから、次の約束もした、という事実もある。交際はもうすぐ一年半になる。結婚はまだ意識していなかったが、いつかするのかもしれない、くらいには考えている。悪くない、と沙織は思う。今日の私の売り上げは合計二十万円超で、恋人は気が利いていてイケメンで、ピザもワインもおいしくて、明日は公休日だというのはまったく悪くない、そうでしょう？　と自分に言う。

十時半を過ぎた頃に店を出ると、そのまま歩いて、丈のマンションに向かった。公休日の前日には沙織がそこに泊まるのはいつものことだ。「泊まってく？」とか「大丈夫？」とか聞かれることももうなくなって、ふたりともほろ酔いで、「自分たち」の家へ帰るかのように歩いていく。五階建てマンションの二階の、アパレルショップ店員にふさわしくクールに整えられたワンルーム——家具調度は勤務先の系列店の社販やセールを利用して揃えている——で、まずは黒いレザーのソファに座って、缶ビールを飲みながら、ＤＶＤや録画していたテレビ番組を観たりする。ピッツェリアで盛り上がった話題があれば——たいていは上司や客に対する愚痴や悪口だったりするが——その続きをだらだら喋《しゃべ》ることもある。

いずれにしても、そんなこんなで小一時間が過ぎたあとは、順番にシャワーを浴びて、ヘッドボードのない低いセミダブルベッド——グレイのシーツ、黒地にグレイのドットの布団《ふとん》カバー——でセックスをする。恋人だからセックスをするのか、セックスをするから恋人として成立しているのか、沙織にはよくわからない。冷めているわけでもない。ただ、恋情とか愛とか欲望とかいうものより先に、必要なことをしている、という感覚がある。考えてみればその感覚は沙織の人生全体をいつからか支配しているので、抗《あらが》える気がしないのだった。

それが起きたのはセックスの最中だった。丈が体位を変えて沙織が俯《うつぶ》せになり、枕に顔を埋《うず》めたとき、突然鼻がムズムズしてきて、大きなくしゃみが出た。最初は笑い事だったのだが、くしゃみはいっこうに止まらなくて、そのうち涙と鼻水まで盛大に出はじめたから、行為を中断せざるを得なくなった。

「大丈夫？　風邪かな？」

丈はとくに不機嫌にもならず心配してくれた。

「風邪でこんな急に症状出ないと思うけど。なんかのアレルギーって感じ」

ひどい鼻声で沙織は言った。ベッドから出るとくしゃみは少しマシになった。

「花粉症？」

「六月に発症するかなあ」

「梅雨アレルギーとか？」

「ないよ、そんなの」

あまり意味のない会話をしたあと、試しにベッドに戻ってみたら、やっぱりくしゃみの連発で吐き気までしてきて、セックスどころか眠れそうにもなかった。ソファで寝るのはいやだったから沙織は自分の家に帰ることにした。丈がタクシーを呼んでくれた。沙織が部屋を借りているマンションは、丈の家からはワンメーターの距離にある。

車の中で症状は治まってきた。帰るともう一度シャワーを浴びた。自分のベッドに横になると、ぐっすり眠れた。

翌日、沙織はちょっと迷った。

いつもなら公休日には丈の家で目覚めて、そのまま一日一緒にだらだらしたり、近くに散歩に行ったり、ときには映画を観に行ったりして過ごす。今日、これからあらためて彼と会うべきだろうか、と考えたのだ。

でも結局、今日は病院へ行くことにした。早く原因が知りたかったし、公休日を利用しなければ病院へ行く時間は取りづらいからだ。キッチンに置いた小さなテーブルでコーヒーと菓子パンの朝食を取りながら、丈にラインして、そう伝えた。すぐに「了解。結果教えて。お大事に」という返信がきた。病院へ行くといっても、一日かかるわけではない。「病院のあとはどうする？」というようなメッセージがもし彼から届いたら、彼の家には行かないにしても、こちらへ来てもらうとか、外でデートすることを提案しようと沙織は思っていた。だが丈からはそのあと、スタンプひとつ――目をキラキラさせて祈りのポーズをしている子豚――が送られてきただけだった。もちろん、沙織のほうから「どうする?」と聞いて悪いことはない。聞けば、丈も沙織と同じような提案をしてくるだろう。そう思ったけれど、沙織もやっぱりスタンプひとつ——外套《がいとう》姿で敬礼しているゴルゴ13——だけを返した。たまにはそんな日があってもいいだろうと思った。

スマートフォンで検索して、隣町のクリニックへ行くことにした。「アレルギー科」があったからだが、実際のところはアレルギーではないような気がしていた。たぶんこれも、風景の静止とか丈が待っている店の前を通りすぎてどんどん歩いていきたくなることと同じようなものなのだろうと。どこにも悪いところがないと医者から証明されれば、けろりと治ってしまうかもしれない。

幼児連れの母親たちがひしめく中でひどく待たされてから診察室に入り、症状を伝えると、アレルギーの可能性が大きいということで(静止云々《うんぬん》など、もちろん医者には言わなかった)、一度で三十九種のアレルゲンの判定ができるとかいう血液検査を受けた。結果は一週間後にわかるらしい。

自分の部屋に戻ったのは正午過ぎだった。結果を丈にラインしなくちゃと思いながら、空腹だったのでパスタを茹《ゆ》でて、常備してあるレトルトのパスタソースをかけて食べた(料理は苦手で、自炊はほとんどしない)。戻る途中で買ったマンゴーラッシー(野菜不足を補っているつもりだ)を食後に飲んでいるときには、なんだかメッセージを打ち込む気持ちがなくなっていた。

どうしてだかはよくわからない。結果を報告すると言ったのだからするべきなのだろうし、「血液検査を受けた、結果は一週間後」と打って送るのは造作《ぞうさ》もないし、そうしたら丈からは了解の返事と、スタンプがひとつふたつ送られてくるだろう。そして今日このあと、どこかで会おうかという話にもあらためてなるのかもしれない。

そのことが、その通りのことが起きるだろうということが、ひどく億劫《おっくう》に感じられた。

沙織はマンゴーラッシーを飲み干して、その空きカップを意味もなくしげしげと見つめた。公休日の昼間に自分の家で、ひとりでマンゴーラッシーを飲むのは久しぶりだった。

今日はいつにない日だ。それがとても貴重なことのように思えた。

沙織は洗濯をして掃除をした。この種のたまった家事は、最近はいつも丈と過ごす時間の合間を縫って慌《あわ》ただしくすませていたから、ゆっくりできるのも新鮮だった。洗濯物をベランダに干したいところだったけれど、外は小雨模様だったので仕方なく、いつものように洗濯機の乾燥モードのスイッチを入れた。そうしながら、ちょっと可笑《おか》しくなった——外に干す時間を短縮するために、奮発して乾燥機付きの機種を買ったのに、ベランダ干しに憧れているなんて。

けれども家事を終えると、ふっと手持ち無沙汰《ぶさた》になって、沙織はスマートフォンを手に取った。時刻は午後三時前だった。あらためて考えてみれば、「どうだった？」という丈からのラインが届いてもいいはずだった。もしかして、連絡がないのを怒ってる？　まさか、そんな幼稚な男ではないはずだ。あっちはあっちで、いつにない日を満喫しているのだろうか。そう思うとそのことが面白くないような気もしてきて、沙織は「病院激混み！疲れて寝てた」と打ち込んで送った。しばらく画面を眺めていたが、いっこうに既読にならなかった。たいして飲みたくもなかったがインスタントのコーヒーを淹《い》れ、マンゴーラッシーと一緒に買ってきたファッション誌をぱらぱらめくっていると、ポーンと着信音が鳴った。

「俺も寝てた」「結果は？」と続けてメッセージが来ていた。「血液検査してアレルゲンを調べるんだって。結果は一週間後」と沙織は返信した。すぐに「りょーかいです」と子豚が宙返りしているスタンプが送られてきた。沙織はまたしばらく待っていたが、続きのメッセージは届かなかった。

まあ、そういうこともあるだろう。自分が考えているようなことは、相手も考えているということだろう。今日このあとの予定はもちろん、体調を気遣う言葉もなかったけれど、ラインなのだし、気遣われるほどのことではないのだろうし、明日になればまた店で会えるのだから。そっけないとかつめたいとか思ったら、それは即《すなわ》ち自分自身に跳ね返ってくるだろう。沙織はそう考えた。

「甲原《こうばら》さん！」

呼びかけられて沙織はちょっとびっくりした。店員は全員ネームプレートをつけているから、名前を覚えられていることは不思議ではないが、大賀さんから名前で呼ばれるのははじめてだった。

「いらっしゃいませ、大賀様」

「こんにちは〜」

大賀さんはニコニコしながら近づいてくる。こんな湿気の多い日に、肩までの髪は無造《むぞう》作《さ》なカールをきれいに保ち、コーラルピンクの口紅は今塗り直したみたいにツヤツヤしている。ペーズリー柄のロングスカートは、この前、ここで買ったものだ。

「さっそく着てくださってるんですね。すてきです〜」

「ウフフ。会社のひとにもカレにもすごくほめられちゃった」

「やったあ」

沙織はガッツポーズをしてみせる。反応が大げさになったのは、大賀さんが妙に距離を詰めてくるせいだ。カレについて聞くべきか否か。いや今日のところは聞かないでおこう、と決める。

「では、調子に乗って、今日はトップス買おうかなって。このスカートに合わせて、ちょっといいレストランとかにも行けるような……」

「了解です。ご提案させていただきますね」

大賀さんはそれから小一時間も店にいて、シルクのノースリーブのトップスと、それに合わせたボレロふうのカーディガンを買ってくれた。

「大賀様も、明日お休みですか？」

レジを済ませて見送るとき、沙織はふっと気がついてそう言った。

「ううん、明日も会社だけど……どうして？」

大賀さんはあいかわらずニコニコ笑いながら首を傾《かし》げた。

「いつも火曜日にいらっしゃるので」

沙織がそれを覚えているのは、火曜日は公休日の前日だからだ。そして大賀さんはたいてい、早番の勤務時間の終了ぎりぎりにあらわれるので、接客はいつも退社時間に食い込む——売り上げが立つからべつにかまわないのだが。

「私、火曜日が好きなのよ」

大賀さんはそう言うと、じゃあまたね、と手をひらひらと振って帰っていった。

その日の夜の丈とのデートは、串揚げ屋で食事したあとは沙織の部屋で過ごすことにした。あれきり丈のマンションには行っていないから、またくしゃみが出るかどうかはわからなかったけれど、危険を冒《おか》すよりは沙織の家で安らかにセックスしたほうがいいだろう、ということに――ふたりとも、あからさまにそうは言わなかったけれど――なったのだった。

「これでくしゃみが出たら、俺がアレルゲンってことになるな」

服を脱ぎながら丈はそう言って笑った。幸い、裸で抱き合ってもくしゃみも鼻水も出なかった。沙織はホッとした――実際のところ心の底で、丈の部屋ではなく丈本人が私にとっての異物になっていたらどうしよう、と心配していたのだ。

丈が沙織の部屋に来たことは、これまでにも何度かあった。丈の部屋へ行くことのほうが多くなったのは、気の利いた飲食店がそちらのほうが周囲にあることと、丈のベッドはセミダブルだが沙織のはシングルで、事の後ふたりで寝るには少々狭いからだった。やっぱ狭いな。腰に来るんだよな。その夜も丈はそう言った。そして自分の家で寝ると言ってタクシーで帰っていった。

沙織にとっては幾分――ちょうど、ふたりで寝るときの自分のベッドの狭苦しさくらい

──不本意なことだった。なんだか、「やり逃げ」されたみたいな気分になったのだ。でも、出会ってはじめてのセックスというわけではないのだし、翌日の午前中に検査結果を聞きにクリニックへ行くことは伝えてあったから、そのせいだろうと思い直した。付き添ってくれるかもしれないと思っていたが、甘えすぎだろう。丈にとっても貴重な公休日なのだ。病院の待合室で潰《つぶ》す気にはならないだろう。

というわけで翌日、沙織はひとりでクリニックへ行った。今回はさほど待たされずに診察室へ入り、言い渡された結果は意外なものだった。猫アレルギーだというのだ。

「猫、飼ってます？」

四十代半ばくらいの、患者に対して必要きっかりの関心を示すというふうなタイプの男性医師は、そう聞いた。

「いいえ」

「最近、猫に触りました？」

「いいえ」

「ふーん、なんでだろうなあ。猫っていうか、猫の毛にも反応しますからね。それまで大丈夫でも、突然発症したりするんですよね。とにかく猫には近づかないことですね」

それが結論で、今は症状も治まっているということで、薬も出なかった。会計を待つ間に沙織は丈にラインを送った。前回と違って、すぐに伝えたくなったのだ。なぜか落ち着かない気分で、丈にコンタクトすればその気分が収まるだろうと思った。「今、会計待ち。猫アレルギーだって」と打った。

ややあって「マジ?」という返信が来た。その続きを待ったが来ないので、「心当たりある?」と沙織は打った。「心当たりって?」と返ってきた。「猫、こっそり飼ってたりしないよねw」と沙織は打った。少し間があってから、「ドヒェー!」と子豚が驚いているスタンプが送られてきた。

それきりだった。会計を終えて自分の家に戻っても、コンビニで買ってきた弁当を食べ終わっても、丈からのラインは届かなかった。いや、向こうも待っているのかもしれない、と沙織は考えた。驚く子豚のスタンプへの返信を、私がするべきなのかもしれない。

沙織は今日このあと、丈と会いたかった。またこの家まで来てもらわなくても、彼のマンションの近くでかるくお茶でも、ちょっと散歩でもいい。そういう期待を自分が持っているのに、丈のほうは持っていないようだということが、やっぱり理不尽に思えた。だが理不尽に思うことが理不尽だという気がするから、自分からあらためてラインは送れなかった。そんなふうにしてその日は過ぎた。

翌日、出勤すると、丈は先に店に出ていて、沙織を見てニッと笑い、こっそり投げキスの真似《まね》までしてみせた。いつもと同じ朝だったし、いつもと同じ丈だった。でも、あとから考えれば、そのときから沙織は薄々わかっていたのかもしれなかった。

翌々日に、その日遅番だった三人で飲む機会があった。レディースの店員だけで誘い合ったから、丈は来なかった。そんなときにはいつも行く、駅からすぐの洋風居酒屋で、バーニャカウダやアヒージョやピザやナポリタンをつまみに安い赤ワインを飲みながら、だからメンズの店員たちの噂話《うわさ》にもなったのだった。丈との仲をまったく知られていないことが、こういう場合、よかったというべきなのかよくなかったというべきなのか。とにかく同僚のひとりが「そういえば、ニュースニュース！」と愉《たの》しげに披露した目撃談が、丈のことだった。

先週の水曜日、と彼女が言うのは、つまり沙織と丈の公休日のことだった。沙織が丈の部屋でくしゃみが止まらなくなった翌日、クリニックで検査を受けた日だ。その日は早番だった彼女は、帰り道で丈を見かけた。彼女の家は職場から電車で十分ほどの私鉄駅が最寄りなのだが、その町に丈もいた。動物病院から出てきたところだった。見ているこちらには気づかずに歩いていった。猫か小型犬なのかわからないが、動物が入っていると思《おぼ》しきキャリーを肩から提げていた。隣には女がいた。その女というのが「私たちも知っているひとなのよ」と彼女は言った。

「沙織の太客」

「あ、最近よく来る、けっこうきれいなひと？」

もうひとりの同僚が言い、

「大賀さん？」

と沙織は言った。ふたりとも大賀さんという名前までは把握してなかったが、そのひとについてのプロフィールを照合するとそれは大賀さんに間違いなかった。

「えっ、じゃあ一緒に住んでるの？」

もうひとりの同僚が言った。

「どうかな、でもなんか、なじんでるっぽかった」

「動物病院に一緒に行くっていうのは、なじんでるよね」

沙織は言った。何も言わないのはへんだから、そう言ったのだ。

「お客に手を出したってこと？　でもあのひと、メンズは買わないよね？」

「ていうか、丈くんとデキたから、うちの店に来るようになったんじゃないかな」

ふたりの同僚はそんなふうに考察し、

「そうだね」

と沙織も同意した。さっきからワインばかり飲んでいて何も食べていなかったことにふっと気づいて、アヒージョの蛸《たこ》を口に入れたが、それはもうすっかり冷めていて、油っぽくて、ひどく硬かった。

「やるね、丈くん」

目撃者が話をまとめるようにそう言うと、

「でもなんで彼女、沙織から買うわけ?」

ともうひとりの同僚が言った。不審に思っているというのでもなく、たんにこの話を面白がっているというふうだったから、沙織はどうにか蛸を飲み込んで、

「知らないわよ」

とわざとじゃけんな口調で言って、苦笑してみせた。

その大賀さんが、翌日にあらわれた。

火曜日ではなく土曜日で、夕方ではなく午後三時前で、髪も化粧もいつもどおり手がかかっているように見えたけれど、顔はひどくむくんでいて、昨日か、あるいはさっきまで、大泣きしていたのではないかと思わせた。そんな顔で大賀さんはニッコリ笑って、

「甲原さーん!」と沙織を呼んだ。

沙織はとっさに丈のほうを窺《うかが》った。目撃談のことは丈にはまだ何も話していないから、沙織がすべて知っていることに彼は気づいていないはずだ。だがその日、丈はいつものようにこっそり「やったね」のサインを送って来ることもなくて、あらぬほうを向いていた。丈と大賀さんの関係を知っているレディース売り場のふたりが浮き立っている気配だけが伝わってきたけれど、沙織はそちらは無視して、「いらっしゃいませ、大賀様」と笑顔を作った。

「今日はね、買う気満々で来たのよ」

大賀さんは、瞼《まぶた》の腫《は》れのせいで笑っているのか泣いているのかわからないような顔でそう言った。

「いつもそうじゃないんですか」

と沙織は応じた。

「今日はとくに満々なのよ」

大賀さんはワンピース一着、ジャケットとパンツを一着ずつ持って試着室に入った。その間、沙織は売り場に戻っていたが、丈はやっぱり近づいてこなかったし、こちらを見ようともしなかった。大賀さんのあの顔と丈が無関係ではないことはあきらかに思われた。

大賀さんがワンピースを着て試着室から出てきた。大きな花柄のシフォンのワンピースで、彼女にはややサイズが大きすぎるのか、それともやっぱり顔が腫れているせいなのか、あまり似合っているようには見えなかった。正直に言えば、おかしなひとみたいに見える。

「どうかしら。へんじゃない？」

自分ではへんだと思ってはいない口調で大賀さんが聞く。沙織は彼女の後ろに回って、ワンピースの腰のあたりの布をちょっと摘《つま》んだ。「ベルトで少しブラウジングしてみてもいいですね」というようなことを言うつもりだった。だが、指が大賀さんが試着している服に触れた瞬間に、そんなお為《ため》ごかしを言う気が消えた。

大賀さんは知っていたのだ。沙織は思う。丈には自分以外にも恋人がいて、それが私であることを、大賀さんは知っていたのだ。どうして知ったのかはわからない。丈のあとをつけたとか、彼の携帯を調べたとかしたのかもしれない。そうした捜索をしなかったとしても、こういうことは、きっと早晩《そうばん》わかってしまうものなのだろう──たとえ猫アレルギーを発症しなくても。とにかく大賀さんは私の存在を知ったのだ。そして私と丈がデートする日を特定して、この店に来た。私にニッコリ笑いかけ、私からばかみたいに服を買った。大賀さんがどういう気持ちでそうしていたのかもわからない。わかるのは、そうせずにはいられなかったのだろう、ということだけだ。

「猫、飼ってます?」

と沙織は言った。鏡の中で、大賀さんが沙織を見た。もうニッコリはしていなかった。

「飼ってるけど、それがどうかしたの?」

「いいえ……べつに」

「もう大丈夫よ」

大賀さんは鏡に向かって言った。両手は体側で、ワンピースをぎゅっと摑《つか》んでいる。

「え?」

「あなたが選ばれたの。彼はあなたと別れないんですって」

大賀さんは試着室に入ってドアをバタンと閉めた。五分ほどして出てきたときにはまたニッコリ笑っていた。ワンピースしか試着しなかったのに、三着とも買うと言った。

買わなくていいですよ。ワンピース、似合ってなかったですよ。沙織は心の中で大賀さんに言った。声に出しては言わなかった。大賀さんに敵意など持っていなかったし、憎いとも思っていなかった。だからこそ声に出せなかったのだった。

火曜日が来た。

ピッツェリアに、今日は沙織が先に着いた。店のひとに挨拶《あいさつ》をして、カウンターの端に座る。スプマンテを飲みながら、想像した。大賀さんが飼っている猫はどんな猫なのか。その猫がいる大賀さんの家はどんなふうなのか。丈の部屋でくしゃみが出たということは、大賀さんはあの部屋に猫を連れてきたのだろうか。あの部屋で猫はどんなふうだったのか。大賀さんはどんなふうだったのか。

「足、はえーなあ」

入ってきた丈の第一声がそれだった。最寄駅《もより》で降りてすぐ、沙織の背中が見えたのだという。声をかけたけど聞こえなかったみたいですたすた行ってしまった。踏切で自分だけ引っかかって、離された。笑いながらそんなふうに説明した。

「だって、並んで歩いてるとこ、誰かに見られたらまずいでしょ」

沙織は言った。

「そこまで警戒しなくてもいいじゃん。ていうか、もうそろそろオープンにしてもいいんじゃないの」

沙織が気づいていることに、丈はまだ気づいていない。泣き腫らした顔の大賀さんが沙織から服を買ったけれど、店を出るときには笑っていたから、ばれていないと思っているのだろう。あるいは、ばれたかもしれないと思っていて、探りを入れているのかもしれない。いずれにしても、大賀さんが言った通り、丈は私を選んだのだろう、と沙織は思う。

「オープンにはしないで」

「え、なんでよ」

丈がメニューから顔を上げる。まだ薄く笑っている。

「今日でもうあなたとは別れるから」

「なんで？　なんで急にそんなこと言うんだよ？」

「猫アレルギーになったから」

丈の顔から笑いが消える。ああやっぱり、こいつ何か知ってるんだなと思っていることだろう。その唇が忙《せわ》しなく動きはじめて、言い訳と、探る言葉を繰り出す。

あ、動いた、と沙織は思った。

静止した風景が動き出した。ときどき止まって、一瞬後に動くのではなかったのだ。今までずうっと止まっていて、今動き出したのだ。

毛布

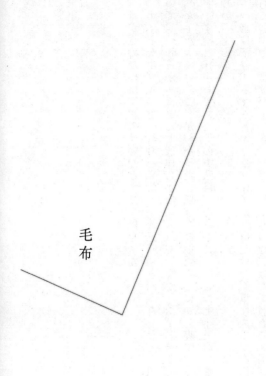

目が覚めたのは空腹のせいだとマリエは思った。

ナイトテーブルの上の時計を見ると午後三時過ぎだった。ひどい風邪をひいて寝込んでいて、一昨日《おととい》からほとんど液体しか口に入れていなかった。おそるおそる起き上がると、熱が下がっていることがわかった。風邪をひいたらとにかく寝て、汗をたくさんかいて治す。ずっと採用してきたその方法は、ありがたいことに七十三歳になった今もまだ有効らしい。

一階に下り、トマトとオリーブオイルと塩だけで簡単なスープを作った。作っているうちにどんどん食欲が出てきて、冷凍してあったごはんを温めてスープに入れ、玉子もひとつ落とした。ダイニングに座って食べているとき、音に気づいた。どこかで工事でもやっているのだろうか。そう大きくはないが、途切れ目なく聞こえてくる。耳につく、いやな音だ。人心地ついて意識が向いたが、ずっと聞こえていたような気もする。あたしを起こしたのはこの音だったのかもしれない。

食べ終えるともうベッドに入る気はせず、マリエはシャワーを浴びて、麻の長袖《そで》シャツとゆったりしたパンツに着替えた。寝込んでいる間はずっとパジャマか部屋着だったから、人前に出られる格好になっただけでも、もう一段階回復したような気分になった。しかしそのあと部屋に戻ると、ちょっと途方に暮れた。眠らないとすればどうしよう、と思ったのだ。いつもなら公園に行っている時間であることを、それで思い出した。でも今日はまだ外出するほどの元気はなかった。本を読む気にもならず、それで、カモミール茶を淹《い》れてソファに座り、スケッチブックをめくった。

マリエは「スケッチおばさん」だ。そんな呼称を気に入っているわけではまったくないが、事実その通りではある――正確に言うなら「スケッチばあさん」なのかもしれないが。雨さえ降らなければほとんど毎日、歩いて五分の距離にある公園に出かけ、そこで遊ぶ子供たちを色鉛筆でスケッチする。気が向いたり子供がほしがったりすれば、描いたものを渡してやることもあり、そうなると描いてほしくてわざわざ公園までやってくる子供も出てきたりして、今ではちょっとした有名人になってしまった。

去年は取材まで受けた。記者がやってきてマリエに話を聞き、公園で写真を撮ったりして、その記事は「子供たちを見守るスケッチおばさん」という見出しで、有名な新聞のローカル面にわりと大きく掲載された。それで今では、マリエを見るために大人までが公園に来たり、知らないひとから馴《な》れ馴れしく話しかけられるようにもなったわけだが、マリエ自身はその記事を気に入っていなかった。あまりよく考えず、聞かれるままに答えた来《こ》し方《かた》が、ひどく通俗的なストーリーに仕立てられていたからだ。

マリエは二十一歳で結婚した。大学を中退して二十二歳で娘を産んで、二十三歳で離婚して、生まれて育ったこの家に戻って、以来ずっと住んでいる。子供を育てながら大学に行き直し、中学校の美術教師として働く間、子供の面倒を——今になって正直に認めるならばマリエの面倒も——見てくれた両親はとうに死んだ。教師として定年まで勤め上げたあとはマリエはこの家のアトリエ——父は画家だった——で子供相手の絵画教室を開いたが、それも数年前にやめた。今は蓄えと年金で暮らしながら、ただ生きているだけでは退屈なのでスケッチをしている。

ただそれだけの話だ。マリエはそう思っているし、そういうふうに語ったつもりだった。だが記事には、まるでマリエがひどく孤独な女みたいに書かれていた。孤独を癒《い》やすために子供たちを描いているみたいに。「子供たちとの交流に癒やされますか？」と聞かれて、たしかに「はい」と答えたが、それは「はい」か「いいえ」のどちらかだとすれば「はい」であるからにすぎない。実際のところは、あれが「交流」だとも思っていない。

ただ描いているだけだ。こちらから話しかけることはないし、子供たちが集まってきてうるさくなればそそくさと立ち去る。

マリエはあらためてあのときの記者——ちょうどマリエが子供を産んだ歳くらいの、しかしあの頃の自分よりもまったく幼く見える、「ほぼほぼ」という奇妙な言い回しを頻発《ひんぱつ》する娘だった——に腹を立てたが、といってもちろん、子供たちが苦手というわけでもないのだった。子供は面白い。小生意気な子もいるが、それも含めて面白い。だからこそ描きたくなるのだ。娘の子供時代を思い出しもする。破顔《はがん》、というのがぴったりの笑顔とか、警戒しているときの目つきとか、ふくれっ面《つら》の突き出した唇とか、よく動く細い手足とか、でなければやっぱりよく動くむっちりした手足とか。スケッチブックをめくりながら、自分の鉛筆がそれらをちゃんと捉《とら》えていることにマリエは微笑《ほほえ》む。鉛筆の奮闘ぶりやそのときの自分の集中力を思い出して、オツな気分になったりもする。

マリエは顔を上げた。音が増えたみたいだ。さっきよりも大きく、重なるように聞こえる。工事の音ではなくサイレンだということに気がついた。消防車にしても救急車にしても、サイレンというのはこんなにずっとひと所で鳴り続けるものだろうか。立ち上がり、窓辺に行った。都内にしては広い庭がある家なので、通りの様子は直接視界には入らない。だが生垣《いけがき》の向こうを、いつにない数の頭が同じ方向へ向かうのが見えた。やはり何か起きているのかもしれない。火事だろうか。煙は見えない。窓を開けてみたが、きな臭さも感じなかった。延焼するようなことはないだろう。マリエは窓を閉めた。

音はそのうち気にならなくなり、おそらく夜には消えていて、マリエはぐっすり眠った。翌朝にはもうすっかり元気になっていた。今日はスケッチに行こうと考えながら朝食の支度をしていると、電話が鳴った。こんな時間に電話がかかってくるのは――というか、そもそも固定電話が鳴ることが最近ではめずらしかった。娘の響子《きょうこ》は用事があるときは携帯にかけてくるし、大した用事ではない場合はラインで済ます。

「え？　どちら様？」

相手の声は、厚い毛布の向こうで喋《しゃべ》っているかのように聞き取りにくかった。男だということはわかる。その男が、少し声を強めてまた何か言った。「……新聞社」という言葉をかろうじてマリエの耳は捉えた。

「電話が少し遠いみたいなんですけど。何のご用ですか？　え？　え？」

男の声はさらに大きく、ゆっくりになる。だがそのせいで逆に意味として耳に入ってこない。こちらの気分の問題もあるのかもしれない。じつのところ「公園」「通り魔」「子供たち」といった言葉を耳は聞き分けている。だが「え？　え？」とマリエは繰り返した。

男の声の響きは苛立《いらだ》っていて、マリエが彼の話を理解しないことを責め立てているようでもある。何かとてもいやなことが起きているという確信だけをマリエは持った。たぶん心が理解を拒《こば》んでいるのだ。それで男の声が遠いのだ。

「くそっ、だめだ」

男が呟《つぶや》いた。マリエに向かってではなく彼のそばにいる誰かに向かって発した声のようだったが、なぜかそれがはっきり聞こえた。瞬間、マリエは受話器を置いてしまった。さほど間をおかずに電話が再び鳴りだしたが、マリエは逃げるように家を出た。

今日もこんな朝早くから人通りが多かった。昨日と同様、一定の方向へ流れていくひとたちが、突然犬でも飛び出してきたかのようにマリエを見た。彼らの行き先は公園だった。今日はもうそれがわかった。喋りながら歩いている者たちもいたが、マリエの耳が捉えたのは「え?」「まじ?」「こわい」などという言葉だけだった。それでもさっきの電話で聞こえたいくつかの言葉と、目の前の風景とが、互いに補足し合って、一枚の絵のピースを埋めていくような感じだった。

でも、マリエが足を進めたのは、その推測が間違っていてほしかったからだった。思っていたようないやなことは起きていない。あるいは、思っていたほどにはいやなことは起きていない。きっとそうだろうと望みをかけて歩いていった。公園の入口には黄色いテープが張られていた。周囲のひとたちの歩みがゆっくりになり、立ち止まる者も出てくる中、彼らの背中の隙間《すきま》からそれが見えた。それに見張り番のような警察官の姿や、テレビカメラらしきものを構えたひとたちも。そのカメラが向けられている先に、花束やお菓子やおもちゃなどがぽつぽつと置かれた一角があった。それを見た瞬間にマリエは踵《きびす》を返した。

あともう少しで自宅の門の前に着くというところで、後ろから肩をたたかれた。振り返ると近所の顔見知りの女性ふたりが立っていた。ふたりがギョッとした様子になったのは、マリエの表情のせいだろう。何か鬼のようなものが追いかけてきた気がしたのだ。

「ごめんなさい」

と女性のひとりが謝ったのは聞こえた。マリエを驚かせたことを詫《わ》びたのだろう。けれどもそのあと彼女たちが口々に言ったことは、やっぱり毛布に包まれているようでよく聞こえなかった。届く言葉も電話のときと似たようなものだった。「公園」「ひどい事件」「子供が」「康太《こうた》ちゃんが」「心配」「みんなが」「よかった」「貝田《かいだ》さんがいなくてよかった」……。

マリエはもう「え？　え？」と聞き返したりはしなかった。よく聞こえなくても、張り子の虎《とら》みたいに頷《うなず》いて、ふたりが喋り終わるのを待った。貝田さんというのはマリエのことだ。自分が心配されていたらしいことはわかったので、「ありがとう」とマリエは言い、その言葉でふたりを押しやるようにして、家に入った。

足がふるえていた。くずおれるようにソファに腰を下ろすと、かたわらでスケッチブックが跳ねた。ほとんど無意識に手にとってめくる。鉄棒で足掛け回りをしている男の子を描いたページで手が止まるまで、自分がそれを探していたことにも気づかなかった。

これが康太だ、とマリエは思う。名前を知っているのは、彼が鉄棒に飛びつく前に無造《むぞう》作《さ》に地面に放り出すランドセルを、ほかの子に蹴飛ばされないように拾ってベンチの自分の横に置いておいたことが何度もあるからだった。青いランドセルの側面には、ミニチュアの恐竜が鈴なりになったストラップとともにネームプレートがついていて、「二年二組近藤《こんどう》康太」と書かれていた。

康太は今年の四月から公園に来るようになった。いつでもひとりで鉄棒をしていた。五月の連休中は公園に来る子供の数は少なくなるが、康太は来ていた。この絵はそのときに描いたものだ。一度、彼がくるりと振り返ってマリエを見たので、勝手に描くなと言われるのかと身構えた――そういう子もたまにいて、もちろんマリエは肩を竦《すく》めて承知して、その子のことは時折横目で眺めるだけにする――が、康太はとくに何も言わず、ただその表情は「描きたいならご自由に」とでも言うかのようで、マリエはちょっと感心して、いい男になるね、という感慨《かんがい》を持ったのだった。最後に彼を見たのは風邪で寝込む前だった。五月の最後の土曜日——一週間も前ではない。

あの康太がどうしたって？　何があったって？　マリエはスケッチブックの中の康太を凝視《ぎょうし》した。鉄棒に片足を掛けて、くるりと起き上がろうとしている瞬間の彼——鉄棒を挟んだ右足の、はちはちした太ももや、突っ張った両腕の丸っこさ、まっすぐに前を向いた顔の真剣な表情などを。そうしていれば、そんな康太が今しもあの公園内にあらわれるとでもいうように。花とお菓子とおもちゃの中に、恐竜の人形があったのをマリエは見ていた。

電話がまた鳴り出したが、マリエは立ち上がらなかった。十二回鳴って切れた。今朝はまだ新聞をポストから持ってきていないことを思い出して取りにいった。公園のことが一面の記事になっていた。マリエはそれをつぶさに読んだが、それは朝、公園へ向かったときと同じ気持ちからだった。自分が考えていることが間違いであってほしかったのだ。新聞のあとは普段はほとんど観ないテレビをつけ、パソコンを開いてインターネットに流れている情報をたしかめもした。今やマリエは公園で何が起きたのかすっかり知ってしまった。マリエは間違っていなかった。マリエが思っていたことよりマシな情報はひとつも見つからなかった。

犯人は捕まった。公園で刃物を振るったあと、自分で交番まで行ったということだった。六年生の女の子と五年生の女の子と一年生の男の子が怪我《けが》をして入院しているが、命に別状はない。亡くなったのは康太ひとりだった。

あの日も康太は鉄棒をしていた。そこを後ろから襲われた。鉄棒は公園の入口近くにあるから、包丁を持ってずかずか入ってきた男の目に最初に留まったのかもしれない。どうしたら昨日より一回でも多く回れるか考えている小さな頭を載せた首は、無防備に見えたことだろう。そんなこともマリエは考えた。だがそのような情報や想像は、まっすぐに心の中に届かなかった。事件の翌日、電話してきた相手を覆《おお》っていたかのようだった毛布が、今ではマリエの体の中に詰まっているような感じだった。

マリエはもう公園には足を向けなかった。どのみち当分立ち入り禁止なのだろうし、あいかわらず生垣の向こうを流れていくひとたちに交じって、様子を見に行く気にもならなかった。子供たちはもうあの公園には戻って来ないだろう。親たちはこれから、あの公園のことを子供たちに忘れさせるために心を砕《くだ》くのだろう。公園は以前の公園ではなくなり、マリエ自身も以前のマリエではなくなったかのようだった。自分だけが組成の違う空気を吸っているような、本当は地球ではない星にいるのにだまされて地球にいるつもりになっているような、そんな気分が抜けなかった。

毛布のせいで、すべてがマリエから遠かった。とくに声が。あまり外出したくなかったが、生きていく以上は食べなければならず、トイレットペーパーや電球も切れたままというわけにはいかないから、買い物に行く。以前よりも多くのひとが話しかけてくるようだったが、彼らの言っていることがマリエはほとんど聞き取れなかった。ただその表情や声のトーンから、公園の事件のことを言っているらしいことはわかるから、マリエはうんうんと頷き、「本当にね」「ひどい事件ね」「こわいわね」というふうな返答を順番に口にした。それらはただの言葉に過ぎなかった。どれだけ「ひどい」と言っても、「こわい」と言っても、それは自分の、毛布の向こうの本当の気持ちとは違うような感じがした。

電話はあいかわらず頻繁《ひんぱん》に鳴った。あまりにも鳴るから、そのうち鳴っていても気にならなくなった。耳鳴りがすると思っていたのが電話のベルだったということもあった。気が向くと受話器を取ったが、たいていは取材の申し込みのようだった。はい、はい、はい。マリエは適当に聞き流してから、「取材はお受けしていません」と言って電話を切った。だがある日の午後、呼び鈴《りん》が鳴り、週刊誌の名前が入った名刺を持った男があらわれて、この時間に取材の約束をしたと言い張った。「はい、はい、はい」と言っているうちに、そういうことになったのかもしれないと思った。じゃあ、どうぞ。マリエは仕方なく男を家の中に入れた。

三十代の半ばくらいの男だった。小柄で風采《ふうさい》が上がらない感じだったが、公園で「勝手に描くな」と言うような子が成長するとこういう男になるだろう、と思わせるところがあった。小さなテープレコーダーをテーブルの上に置いてボソボソと何か言い、マリエが「え?」と聞き返したのに、何も答えず機械のスイッチを入れた。マリエは頭にきて、少しは協力してやろうという当初の気持ちが消え失《う》せた。聞こえても聞こえなくても「え?」と聞き返した。男は途中でテープレコーダーを止めた。あきらめて帰るのだろうと思ったら、突然立ち上がってマリエのほうに向かってきた。

ワアーッと、マリエは叫んだ。そのとき考えたのは、殺される、ということだった。この男は犯人なのだ。捕まったというのは嘘《うそ》だったのだ。あるいは、犯人はふたりいたのかもしれない。捕まらなかったひとりがあたしを襲いにきたのだ。あれほどの事件を起こしたのに、あたしがちゃんとみんなの話を聞かないから。ちゃんと答えないから。ちゃんと考えないから。罰を与えにきたのだ。しかし男はマリエには指一本触れず、マリエの横に置いてあったスケッチブックを手に取っただけだった。それを持って自分の椅子《いす》に戻ると、男のほうこそがマリエの叫び声に臆《おく》したふうになっていて、さっきまでよりもずっと礼儀をわきまえた表情で何か言った。

「え？」

「お耳が、ご不自由、なんですね」

男は口をいっぱいに開け、身を乗り出して、一言ずつ区切るように言った。マリエは自分が言われたことを理解した。自分が陥《おちい》っている状態を、はじめてちゃんと理解した瞬間でもあった。

「スケッチブックを、見せて、いただけませんか」

ちゃんと聞こえた。大きな声で喋ってくれれば、そして自分に聞く意思があれば聞き取れるようだった。マリエは先程の動揺と、自分の耳にかんするあらたな認識とで頭がいっぱいになって、つい頷いてしまった。男はスケッチブックをめくりはじめた。何のためにめくっているのか、やっぱりしばらくの間、頭が回らなかった。

「これは、被害者の、男児ですね」

「えっ？」

男はページを指差していたし、言っていることはわかったのだが、マリエは聞き返した。「被害者」という名称と康太とを重ねたくなかったのだ。

「これは、康太ちゃんですよね？」

男は言い直し、マリエは渋々頷いた。すると男が何か言った。「え？」とマリエは聞き返した。今度は本当に聞こえなかったのだが、男は答えずにカメラを構え、そのページを写真に撮った。

電話が鳴ると、マリエは「え？　え？」のほかに「すみません、耳が遠いもので」と付け加えるようになった。そうすると相手はたいていあきらめて電話を切ってくれるからだ。そのうち電話は鳴らなくなった。その頃には、新聞やテレビで事件の続報が取り上げられることも少なくなっていた。

あいかわらず公園には行かなかったし、だからスケッチもしなかったが、そういう日常にマリエは慣れた。「毛布」に慣れたともいえる。耳の不具合が「毛布」の一因らしかった——理由のすべてではないだろう——が、どうにかしようとも思わなかった。聞こえなくて困ることより助かることのほうが多い気がした。いつからか自分の意思で——いつからだろう？　母の死の三年後に父が死んだ、マリエが四十七歳のときからか、それとも絵画教室をやめた七十歳のときからか——少しずつ耳を聞こえなくしていったのではないかとさえ思えた。

ある日、週刊誌が一冊送られてきた。公園の事件の続報というよりは、隙間をほじくり返すみたいなエピソードが集められた記事の中に、マリエのことも載っていた。スケッチブックの康太のページを勝手に撮って帰った記者が書いたものらしい。写真はマリエではなくその絵だった。マリエのパートにつけられた小見出しは「スケッチに遺《のこ》されていた康太君」で、「スケッチおばさんとして有名だった」マリエが茫然自失《ぼうぜんじしつ》の日々を送っていること、「公園に行く気にはまだなりません」というマリエのコメント、事件への憤《いきどお》りや悲嘆《ひたん》とともに、マリエのことも心配する近所のひとたちの声、などが短く綴《つづ》られていた。

文字や写真は目で見ることができるから、マリエは記事の内容をすっかり理解した。茫然自失の日々を送っているとも、公園へ行く気にはまだならないとも、週刊誌の男に言った覚えはなかったが、たぶんあの男は、録音やスケッチブックの撮影を求めたとき同様に、あたしの「え？」を肯定の返事に置き換えたのだろう。マリエはそう思ったが、もう腹は立たなかった。記事はいっそ、赤の他人のことのように感じられたのだ。スケッチの写真は縮小されて、マリエが描いた康太の何ひとつをもあらわしていなかった。

響子は車でやってきた。

車はレンタカーで、運転手は彼女のボーイフレンドだった。そう紹介された。ボーイフレンドの準《じゅん》くんよ、と。五十一歳の娘から「くん」付けで呼ばれるその青年は、娘のほとんど半分ほどの年回りに見えた。針金みたいに細い長身をくにゃりと曲げて、「はじめまして」とマリエに頭を下げた。

響子はそこそこ売れているイラストレーターで、マリエの家からは電車で三十分の距離の渋谷《しぶや》区内のマンションで暮らしているが、準は響子よりも売れている――というのは響子の弁だ――漫画家で、拠点となる住まいは香港《ホンコン》にあるらしい。三週間前、響子はラインで、しばらく香港に行ってくるからとマリエに連絡してきたが、その期間は準の家に滞在していたらしい。事件のことはネットニュースで目にしていたようだが、マリエの家のそばの公園であることや、ましてやマリエがその公園に通っていたということまでは知り得なかった。ついこの前、こちらでいくつかの用事をすませるという準と一緒に日本に戻って、例の週刊誌をたまたま見て――見つけたのは準だということだが――マリエに連絡してきたのだった。

携帯電話で話したときに、娘ならではの無遠慮さを発揮され、マリエの耳の状況はあっさり把握されてしまった。それで今日は、補聴器を買いに行くことになっている。準というのは響子によれば「余計なことをいろいろ知ってる、何でもバカみたいに詳しい」のだそうで、これから向かう吉祥寺《きちじょうじ》の店も、彼が選んだ店だった。

「わざわざ車なんて借りなくても、電車でよかったのに。足はまだ達者なんだから」

後部座席に座らされたマリエは、助手席の娘に向かってそう言ってみる。じつのところは車で迎えにきてもらわなければ、補聴器専門店などという気が滅入《めい》る場所に行く気にはならなかったと思うが、感謝の言葉をあらわすとすればそういう言葉になる。娘もそれは承知だろう。笑い交じりに何か答えた。

「え？」

「ずっと、借りてるの、こっちに、来てから」

娘は大きな声で言い直した。あらそうなの、とマリエは応じる。前のふたりは顔を見合わせて笑った。準が何か言っている。君にそっくりだねとでも言っているのかもしれない。

「昼ごはん、何、食べたいですか？」

ややあって、準が聞いた。なんでも結構よ、とマリエは答える。

「すごく旨《うま》い、パエリヤと、すごく旨い、ワンタン麵と、すごく旨い、カオマンガイと、どれが、いいですか？」

「カオマンガイって何？」

「鶏《とり》を、茹《ゆ》でて、そのスープで、米を炊《た》いて、鶏を、のっけて」

「ワンタン麵がいいわ」

ふたりはまた笑った。いかにも愉快そうに、声を立てて。いい男じゃないの、という感想をマリエは持つ。のびのびしていて、構えたところがなくて、でも案外細やかな心遣《づか》いができそうで。それによく見るとハンサムだし。康太が成長したら、こういう男になったのかもしれない。そう思ったら少し心が痛んだが、でも事件を知って以来、康太のことをちゃんと思い出したのは今がはじめてだということに気がついた。

吉祥寺までは約三十分のドライブだった。車の中は居心地が良くて、それは準がいい男であり、そのいい男と娘との関係がとてもいい、ということがわかるからだった。響子は三十歳で結婚して、三十三歳で離婚した。後から知ったが妻に暴力をふるう男だったから、別れるまでに三年もかかったというのは遅すぎるくらいだった。流産したのも——このことについてはいまだにちゃんと娘と話すことができずにいるが——先夫《せんぷ》の暴力のせいだったのだろうとマリエは思っている。その後響子はずっとひとりだった。ときどき恋人があらわれたり消えたりはしていたようだが、「男はもうこりごりよ」などと言っていて、こんなふうにマリエの前に連れてくるような相手はいなかった。でも今、準と響子はこんなに楽しそうだ。

そういうわけで、その店に到着したときマリエはすこぶる機嫌が良くて、ふかふかのソファに案内されると、店員が次々に持ってくる補聴器をひとつずつ大人しく試し、最終的に最適なひとつをオーダーした。耳穴の形状に合わせて作ってくれるもので、予想外の高額だったが、半額を娘と準とが出してくれることになった（全額出すというのをマリエが固辞した結果そういうことになった）。

補聴器を装着してみた瞬間に、店員の声も娘たちの声もびっくりするほど明瞭に耳に届いて、毛布が取り払われた感じがした。オーダー品ができるのは一週間後だったから、店を出たときには耳は元のまま遠かったのだが、それでも毛布の存在をマリエはもう感じなかった。補聴器か、とマリエは思って、準を見た。

家の前まで来ると、中で電話が鳴っているのが聞こえた。マリエは公園から戻ってきたところだった。事件からふた月が経って、また通うようになった。子供たちも以前よりは数が少ないが戻ってきていた――たいていは、付き添いの大人とともにではあるけれど。

急いで家に入って、電話を取る。はい、貝田でございます。相手はテレビ局の名前と番組名をあげて、自分はアシスタントディレクターであると名乗った。以前の週刊誌の記事を読んだと前置きした。

「……あの絵を、康太くんのご両親にプレゼントするというのはどうでしょう？」

「プレゼント？」

聞き返したのは聞こえなかったからではない。補聴器をつけているから、ちゃんと聞こえる。違和感を表明するために聞き返したのだ。相手にもそれは伝わったようだった。

「……いや、プレゼントという言い方はアレかもしれませんが。喜ばれると思いますよ。何と言っても、亡くなった息子さんの、最後の元気な姿が描かれているんですから。番組としましては、貝田さんが絵を渡しているところを撮らせていただきたいんです、それで……」

「喜ばれるとは思いません」

マリエは相手を遮《さえぎ》って言った。耳が聞こえるようになったら、言いたいことをはっきり言えるようにもなった。そうだ、あたしはもともとこういう人間だったのだ、と思う。

「あるいは喜ばれるかもしれません。あたしにはわかりません。でも、今のところ、あたしはあの絵をご両親にお譲りするつもりはありません」

相手は説得するようなことをごにゃごにゃ言ったが、マリエは耳を貸さなかった。何しろ、耳の重要さに気がついたところなのだから。

電話を切ると、マリエは冷蔵庫から水出しの緑茶を出してグラスに注《つ》ぎ——今日はずいぶん気温が高い——ソファに座った。さっきそこに置いたスケッチブックが跳ねる。お茶で喉《のど》を潤《うるお》してから、スケッチブックを膝《ひざ》に載せてめくった。

まずは今日描いたぶんを。鉄棒のそばには小学校一、二年生くらいの女の子が三人いて、一生懸命に何かを相談していた。おしゃまな様子がかわいらしかった。それからタイヤの遊具を渡る競争をしていた男の子ふたり。康太より少し上くらいだった。

マリエはページをめくっていった。やがて康太のページになった。この頃はいつもそうする。最後には康太のページをじっと眺める。この絵を康太の両親に渡すべきだと思う日は、いつか来るのかもしれない。

電話が鳴りはじめた。さっきのひとがあきらめきれずまたかけてきたのかもしれない。そうだとしたら、見上げた根性というもので、彼女に対する評価が少し上がりそうだけれど。

「ああ、うるさいこと」

マリエはそう呟いて、立ち上がる。

ママナラナイ

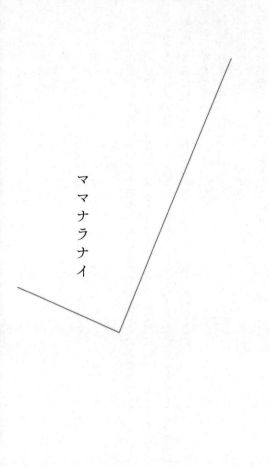

会社のロッカーは小さい。上背《うわぜい》がある尚弥《なおや》がたっぷりした冬物のコートを入れようとすると、裾《すそ》が収まりきらない。はみ出した部分をたたんで奥に突っ込もうとしたら、今朝はハンガーが外れてコートが落ちた。舌打ちしながらあらためてやり直し、扉を力任せに閉めて、さらに蹴りを入れたところに同僚の川崎《かわさき》が入ってきた。

「何、荒れてんだよ」

面白そうに言われて、

「折れた」

という言葉がなぜか口から出てしまった。

「折れた？　なにが？」

「いや……心。心が折れたんだ」

「なんで？　なんかあったの？」

「いろいろあんだよ」

あっそう、と受け流して川崎はさっさとロッカールームを出ていった。尚弥も慌《あわ》てて後に続く。今日は月曜日で、朝礼に遅れると所長がうるさい。

「成功に慢心するな。さらなる前進のために努力しろ」

「失敗に立ち止まるな。なぜ失敗したかを考えて次に繋《つな》げろ」

朝礼の締めには十一人の所員全員で営業心得を唱和する。今朝は尚弥が前に出てリードする当番だった。頭が痛くなるほどの大声でがなってやった。くだらない慣習だが、やらなければならないのならちゃんとやる。それが尚弥の信条だ。それに大声を出したせいでさっきより気分が晴れた。

「斉藤《さいとう》、〝川の家〟よろしくな」

デスクで書類仕事をしていたら、所長が言いに来た。よろしくなとはつまり、さっさと話をまとめろという意味だ。

「任しといてください」

うるせえよ、念押しにくんなよ、整髪料つけすぎなんだよと思いながら、尚弥は歯を見せて、親指を立てた。もちろんさっさと話をまとめるつもりだ。この種の案件がたいてい自分に振り当てられるのは、得意分野と認識されているからだと知っている。

その家が〝川の家〟と呼ばれているのは、川を見下ろす高台に建っているからだった。大通りのコインパーキングに車を停めて、五分ほどの距離を歩いて向かう。木枯《こが》らしにコートの裾がはためいた。営業所に戻ったらまたこのコートをロッカーに押し込めなければならないと思うとうんざりし、その気分が昨夜の記憶を連れてきた。

折れたのは実際のところ、心ではなくてペニスだった。やっている途中だった。中折れというやつだ。恵比寿《えびす》のラブホテル。十四歳から三十六歳に至る自分のセックス史上はじめての椿事《ちんじ》。酒は飲んでいたがそれに影響するほどではなく、そもそも酒もセックスも強いから、泥酔しているときでさえ、これまではいつでもちゃんとやりおおせていた。

ポケットに突っ込んでいた右手を出して、我知らず匂いを嗅《か》いだ。ペニスが役に立たなくなったあと、仕方がないから指を活躍させたのだ。気を遣《つか》ってくれたらしい女の、わざとらしく大きな喘《あえ》ぎ声を思い出して、またげんなりした。出会い系アプリで知り合って三ヶ月くらい付き合っている女だったが、そろそろ飽きがきている。そうだ、中折れはあの女に飽きたせいだと、尚弥は自分に言い聞かせるように考えた。頭が悪くて面白いことをひとつも言わない女だが、今、呼び出してすぐセックスできるのは彼女だけなので、もう少しキープしておいてもいいかなと思っていた。それが間違いだったんだ。あの女じゃもうやる気が出ないんだ。そういうことだったんだ。

　橋を渡り、擁壁《ようへき》を分かつ狭い石段を上る。左側の一画にはすでにクレーン車が入り、家屋の取り壊しがはじまっていた。この家も隣の〝川の家〟も六十坪を超える敷地があって、ふたつを合わせて更地《さらち》にしたあとは、四棟の建売住宅を建てる計画になっていた。〝川の家〟は現在、賃貸されていて、大家とは売却の話がついている。賃借人との立ち退《の》き交渉に、尚弥はやってきたのだった。

　古い二階屋だった。たしか築三十年は超えていたはずだ。それなりの広さがある庭は冬枯れしているが、よく手入れされていることがわかる。アプローチや玄関周りにもよけいなものが置かれておらず、掃除が行き届いていた。住んでいるのは大磯谷芳朗《おおいそだによしろう》、明子《あきこ》夫婦で、この家を借りて十二年目になる。芳朗は国産車メーカーを去年定年退職し、今は系列のレンタカー会社で週の半分働いている。明子は専業主婦。長男はすでに結婚し、長女は職場の近くで部屋を借りているので、夫婦だけの暮らしである。そのようなプロフィールをあらためて頭の中でさらってから、尚弥はインターフォンを押した。

「こんにちは。先日お電話した鳳《おおとり》エステートの斉藤です」

「はい」

　女の硬い声が応答した。大磯谷明子の声だろう。電話ではこの妻とだけ話していた。

ドアが開かれる。開けているのは女だった。大磯谷明子だろう。会うのははじめてだ。思ったよりも若い。ずいぶん若い。夫が定年退職者だから、妻も同じくらいの年齢だと決めつけていたが、ずいぶん下なのではないか。といって若い美人妻というものでもないが。四十がらみの、ショートカットに眼鏡《めがね》をかけた、老《ふ》けた子供みたいな、地味な女だった。

「どうぞ」とそっけなく促《うなが》され、ソファのある部屋に通された。今時めずらしく、応接間として独立した部屋だった。ソファは臙脂《えんじ》色の革張りで、床にはペルシャ模様の絨毯《じゅうたん》が敷いてある。しばらく待たされた後、明子が日本茶を運んできた。その後ろについてきたのが大磯谷芳朗だろう。むっつりと会釈《えしゃく》するとすぐに出て行ってしまい、尚弥は明子と差し向かいになることになった。交渉に夫が出てこないということは、もう返事が決まっている可能性が高い。簡単にすみそうだ。

「お送りしたファクスは、ご覧いただけましたか」

「はい」

じゃあなんで持ってこないんだよと思いながら、尚弥はブリーフケースから、送ったのと同じものを出した。こちらで指定した期日までに退去した場合の「立退料」や次に借りる家の敷金、礼金や引越し費用など、大磯谷夫婦が受け取ることができる金額や、さらに早く家を明け渡した場合に上乗せするパーセンテージなどが記されたものだ。

「いかがでしょう？」

尚弥は明子の顔をすくい上げるように見つめた。「大笑いしているときでも目だけ笑っていない」とよく言われるが、仕事上はそのほうが便利だと思っている。効力があることは間違いない。

明子から見つめ返されたのは意外だった。たいていの相手は目を逸《そ》らすからだ。睨《にら》むでもなく微笑《ほほえ》むでもなくほとんど無表情で、尚弥の顔に何か重要事項が書いてあるとでもいうように目を据えている。

「お引越し先につきましても、ご希望があればこちらでお探しさせていただきます。優良物件を優先的にご紹介することもできますし、お家賃などの交渉も……」

いささか動揺し、今回は使わないつもりでいた科白《せりふ》を口にしてしまった。言い終わらないうちに、

「立ち退きしたくないと夫が申しております」

と明子が言った。それこそ尚弥の顔の上の文字を読むような口調だった。

「え？」

「この家には思い出が詰まっています。子供たちの部屋もまだそのままにしてあって、

時々そこで過ごすのが夫の慰《なぐさ》めなんです。庭も、雑草ばかりだったところにあれこれ植えて丹精《たんせい》して、花の季節には近所のひとたちが見にくるまでになったんです。それを急にそちらの都合で立ち退けと言われても承知できないと……」

「いや、ですから……」

「この土地を売却するというのは大家さんの都合ですよね。経年劣化とか書いてありましたけど、それで危険だというなら大家さんに補修する義務がありますよね。というかようするに、そちら様の都合ですよね、この家を壊して更地にしたいというのは。そういう理由であれば裁判をしてもこちらに利があると夫は申しております」

「裁判？」

おいおい勘弁してくれよと、尚弥は思う。インターネットの弊害《へいがい》だ。「賃貸　立ち退き」で検索すれば、ごねて裁判に持ち込んで勝ちましたとかいう話にも行き当たる。生半可な知識を得て、ごねないと損みたいな気持ちになって、生半可にごねているのだろう。

「裁判は、大変ですよ」

それまでとは違う、憐憫《れんびん》と恫喝《どうかつ》を微妙に混ぜ込んだ表情を作って尚弥は言った。訴えられることにはまずなるまいが、予定外のひと手間がかかりそうなことに苛立《いらだ》つ。

明子は無表情のまま二回頷《うなず》いた。一回ではなく二回なのは、「そんなことはよくわかっている」という意味にも受け取れた。そうして立ち上がったのは間違いなく、もう帰れという意味らしかった。

車に戻り、営業所に戻るのとは逆方向へ少し走って、大グラウンドに沿った通りの路肩に停めた。

桜並木の樹下《じゆか》が、タクシーや営業車の運転手のちょうどいい昼寝スペースになっている。涼しい木陰《こかげ》とは無関係な冬の今も、それなりの数の車が休憩している。

尚弥もシートを倒して体を伸ばした。まだ午後二時にもなっていなかった。大磯谷家を訪ねたのは午後一時だったから、四十分足らずで追い出されたというわけだった。手ぶらで戻るには早すぎるから、しばらくここで時間を潰《つぶ》すつもりだった。あれこれ入れ知恵されていて、意外に厄介《やっかい》な相手だったと説明しよう。明日にはケリをつけるという一言を添えてもいい。実際、明日にはケリがつくだろう。今日はどうも調子が悪かった。なめてかかっていたのかもしれない。容易《たやす》い案件だと思っていたから、作戦も立てていなかった。ああいうタイプの女が出てくるとは思っていなかった。

車の横を、自転車に乗った女が走り抜けていく。銀行員とか保険の勧誘員とか、その種の女かもしれない。黒いスーツのタイトスカートに包まれたぴちぴちした尻が、右と左に交互に盛り上がりながら遠ざかっていく。

ああいう女とやりてえな。

尚弥はズボンのポケット越しにペニスに触れた。目を閉じ、妄想にふけった。それから間もなく目を開けた。意味もなく辺りを見回す。

タイトスカートをむしりとっても、そのあと女にどんな格好をさせても、さっぱり硬くなる気配がなかった。


翌朝、橋を渡っていたら、父親からのラインが入った。

電話で話さずにすむのがたぶんお互いに好都合なので、最近の連絡手段はもっぱらこれになっている。「来月、陽美《はるみ》三回忌」。「既読」にしたくなかったので、アプリを開かず、ホーム画面に通知されるメッセージに目を落とす。しばらく待ったが続きはなかった。墓参りとか法事みたいなことをやるのかもしれないが、どのみち尚弥が来るとは思っておらず、いちおう知らせたという証拠だけ残しておこう、というつもりだろう。

実際のところ、かかわるつもりはなかった。墓参りに行ったところで死んだ母親が生き返るわけではないし、思い出を語り合ってわざわざ悲しくなる趣味もないからだ。といって、死んだときも尚弥は泣いたりしなかった。母親は腎臓に持病があって、尚弥が物心ついたときからずっと入退院を繰り返していたから、早晩《そうばん》死ぬのだろうというあきらめみたいなものが最初からあった。それが自分の基本的態度になったような気もする。早晩死ぬのだろう。早晩終わるだろう。それで、女とも長続きしないのかもしれない。

通夜と葬式のときにはさすがに九州に帰省した（終始、早く東京に帰りたいと思っていたが）。そういえば葬式に中学のとき同級生だった女があらわれたのだった。尚弥がはじめて寝た女だった。相手のほうはそのときすでに経験者で、今考えれば中学二年で経験者ってどうなんだよと思うが、胸がでかかったし、大人びた雰囲気があって、やれるのは嬉《うれ》しかった。やったあとのことはあまり覚えていないのだが、噂《うわさ》になって、それがうっとうしくて女につめたくなって、自然消滅したのだったと思う。その女が、二十年経ってやってきたのだった。葬式にかこつけて、あれは絶対俺に会いに来たんだよなと尚弥は思う。女はきっちり経年劣化していた。どこの厚化粧ババアだよと思っていた女がつかつかと近づいてきて、素性《すじょう》があきらかになったとき、心の底からがっくりきた。人は早晩老いるわけだ。その瞬間に記憶の中の十四歳の彼女の姿まで厚化粧ババアになって、二度と元には戻らなかった。あれが呪《のろ》いだったのかもしれないなと考えてみる。あのとき二年越しの呪いをかけられたんだ。三回忌に効力を発揮するようになっていたんだ。

石段を上るとき、どうした弾《はず》みかコートの裾をふんづけた。転落を避けるため手を振り回したら、持っていたケーキの箱を壁にしたたかぶつけてしまった。昨日所長に、手土産《てみやげ》も持っていかなかったのかと責められて、来るときに買ってきたケーキだった。マジかよ。忌々《いまいま》しく呟《つぶや》いて、しかしどうすることもできず、尚弥はそのまま石段を上りきった。

ドアを開けたのは今日も大磯谷明子だった。あいかわらず、うすぼんやりした色合いのうすぼんやりした服を着て、無表情で、応接間へと先導していく。尚弥は一瞬、ケーキのことを忘れていた。ソファに掛けてコートを横に置くときに、ケーキの箱をコーヒーテーブルの上に置いたら、あっという間もなく明子がそれを持ち去った。

まあいいか。ケーキの箱を持参して、これは差し上げられませんと言うのもへんだからな。しかしどうぞとも言わないのに持っていくもんかな。あの女もたいがいへんだな。そんなことを考えていると明子が盆を掲げて戻ってきた。今日は紅茶と、それにケーキを載せた皿がある。ショートケーキとミルフィーユ、どちらも見事に崩れている。

「あ、すいません、それ……」

言い訳しようとすると、

「お腹に入れば同じですものね」

と遮《さえぎ》られた。尚弥を救うというより責めるように——そういうつもりで崩れたのを平気で持ってきたんでしょう、というふうに——響いた。はじめから決まっていることのように、ショートケーキが明子の前に、より崩れているミルフィーユが尚弥の前に置かれる。

尚弥は言葉を探した。客の前で何を喋《しゃべ》るべきか考えるのはめったにないことだった。

「今日は夫が留守なんです」

明子が先に口を開いた。

「え？」

「だから正直にお話しできます。立ち退きしても私はかまわないんです。私が夫を説得します」

「あ……ほんとに？」

間の抜けた答えを返してしまった。そういうことか。だがなぜか、それはよかったという気持ちにはならない。

明子はにゅっと手を伸ばして、ショートケーキを摑《つか》んだ。そのまま口に持っていく。あっけにとられながらあらためて自分のケーキ皿を見ると、フォークが添えられていない。

「どうぞ」

と明子が言って、ケーキを頰張《ほおば》ったまま、はじめて微笑らしきものを見せた。

その夜は送別会があった。

退職するのは、年齢だと十近く上の、尚弥より二年遅れてこの営業所に入ってきた男だった。妻の郷里のどこやらに移住して、自家製パンを売って暮らすのだそうだ。おいおい大丈夫かとしか思えないが、思いなおすよう説得するほどの仲でもなかった。結局、所員はみんな、何かの感染症にかかったひとを見守るように遠巻きにして、その話題には触れぬまま今日の日を迎えたというところだろう。

「みやげにもらったぁー、サイコロふたつぅー」

チェーンの居酒屋の半個室で、最後に一言、と言われて、男はいきなり歌い出した。所員同士で仲良くカラオケに行くような職場でもないので、そもそも誰かが歌うのを聴いたのははじめてだった。音程のくるった割れた声をしばらく聴いたあと、吉田拓郎《よしだたくろう》の「落陽《らくよう》」だということはわかったが、博奕《ばくち》ですってんてんになったじいさんの歌を自分の門出に熱唱するというのはどういうつもりなのか。

あーあ。心の中で溜息《ためいき》をついてから、尚弥は今夜の紅一点である女子社員を窺《うかが》った。辞める男と彼女とが男女の関係だったことに、所長は気づいていなかったが尚弥と川崎は気づいていた。二十代半ばの、ほとんど見るべきところのない容姿を髪型と化粧とで必死に底上げしているような女だが、新卒入社後、指導役だった男にあっという間に搦《から》め取られたのだ。付き合いは二年というところか。妻の郷里で第二の人生をはじめることをあの男はどんなふうに彼女に説明したんだろうな。なかなか嚙《か》み切れず、口の中で味を失ってい く蛸《たこ》に味を付け足すように尚弥は考えてみる。女はどんな気持ちで男を見送っているのだろう。今、女は薄い微笑みを顔に貼りつけて男に向かって拍手していて、その表情はなんとなく大磯谷明子を思い出させた。

今回の訪問も、結局三十分あまりで終わったのだった。大磯谷芳朗がこだわっているのは庭木のことで、梅ともう一本なんだったか、横文字の名前の木をとりわけ大事にしているので、それらを引越し先に移植できるなら、立ち退きを受け入れるだろうと明子は言っていた。それにかかる費用を上乗せすることを約束してもらえれば完璧だろうと。立ち退き後はどうせ更地にするのだから木の移植には何の問題もなく、移植の費用の追加くらい大家は負担するだろう。尚弥はそう回答した。実際にその後大家から承諾を得ることができたので、所長には、いい方向で進んでいて、今週中には書類が揃《そろ》うと報告した。間もなく〝川の家〟の件は終わるだろう。とっとと終わってほしい。呪いというならあの家に——はっきり言えば大磯谷明子に——かけられたような気もするのだ。

その夜、尚弥は、捨てられた女とラブホテルへ行った。ずっと見ていたら目が合ってしまい、仕方なくニッと笑ってみせたら相手が返した表情が、いかにも誘ってほしそうだったから誘ったらついてきた。送別会が居酒屋でお開きになったあと、川崎と女と三人でワインバル――川崎と尚弥がふたりで飲むときよく利用する店――へ行き、小一時間飲んで出て、そのあとは尚弥と女のふたりきりになった。ワインバルへ向かったときから川崎には今夜の成り行きを読まれていたに違いないが、まあ、かまわない、と尚弥は思った。女に対してとくべつな感情は一ミリも持っていなかったが、とにかく今夜はやりたかった。試してみたかったのだ。

安物のパンツスーツとシャツを脱がせると、いったいどういうつもりだったのか、その下に女はあからさまな勝負下着を着けていた。ピンク色の生地に黒いレースを嵌《は》め込んだ、最小限の部分を隠すデザインのブラとパンティー。意外性にそそられて、今夜こそ首尾よくいきそうだった。前戯《ぜんぎ》もそこそこに、硬くなったものを女の中に押し込む。女は目をぎゅっと閉じ、反対に口がぽかりと開いた。下唇の内側が、さっき飲んだ赤ワインでどす黒く染まっている。腰を引いて再び突いたときにはもうぐにゃりとしていた。そこから先は前回同様、何をやってもだめだった。いったい何が起こっているんだ？　俺のここはどうなってしまったんだ？

指や舌を使う気にもうなれなくて、体を離して仰向《あおむ》けになると、隣で女が泣きはじめたことにいっそう気が滅入《めい》った。「どうしてみんな私じゃだめなの？　どこがいけないの？」と泣きながら問いかける女をベッドに残して、そそくさと服を着た。

女は翌日から無断欠勤し、金曜日の朝、「彼女、辞めるそうだよ」と所長が尚弥に伝えに来た。

「あー、そうっすか」

そうじゃないかと思っていたから、とくに驚いた声も出なかった。今後顔を合わせずにすむから、むしろほっとした。

「おまえのせいじゃないのか」

「やめてくださいよ。関係ないですよ」

所長の背後のデスクにいる川崎が、小さく首を振ってみせる。俺はチクっていないと言いたいのだろう。とすれば女が所長に辞職の話をしたときに、何かそれらしいことを匂わせたのか。辞めた男が負うべき責を俺がかぶっているというわけか。

「まあ、これ以上は言わんけど。職場ではおとなしくさせとけよ、それ」

股間《こかん》に所長の視線が注がれて、ていうか、すごくおとなしかったんだけどなと尚弥は自嘲《ちょう》的に思う。そうか、おとなしかったからあの女を怒らせたのか。こいつがきっちり仕事をしていれば、あの女はもしかしたら辞める気を起こさなかったのかもしれないな。

「斉藤さーん、お客様です」

呼ばれて振り返ると、大磯谷明子がちんまりと立っていた。尚弥は意味もなく時計を見る。まだ営業所を開けた直後の十時過ぎだった。いや十時過ぎだろうが午後一時だろうが、今日、ここで会う約束などしていない。帰ってほしい、と瞬間的に思ったが、所長に目顔で「さっさと行け」と促され、ずっしり重い気持ちで近づいていく。

「どうもうまくいかなくて」

応接ブースに連れて行くより先に、明子が言った。ごく普通の声量だったのに、その声は営業所内にぽかりと浮くように響いた。その場にいる者全員が、続きを待つようになんとなくこちらに注目している。まるで自分とのセックスのことを言われているような気が尚弥はしてくる。

「とりあえずあちらへ。お話はそこでゆっくりうかがいますので」

慌てたせいでついうっかり、明子の背中に触れてしまった。触れた瞬間、手のひらがそこに貼りついたような感触があった。急いで離して、ちゃんと動くことをたしかめるように、脚の陰でこっそり握ったり開いたりしてしまう。

「どうしても聞き入れてくれなくて。へんに意地になってしまったみたいで、言えば言うほどだめになって。やっぱり訴えるつもりみたいです。私にはもうどうすることもできません」

その場から動こうとしないまま、明子は今度ははっきりと、その場の全員に聞かせるように言った。

「どうだった？」

川崎が聞く。尚弥は彼とふたり、ワインバルのカウンターに座っている。先日の今日で、積極的に足が向く場所ではなかったが、営業所内のほかの連中に会わずにすむ場所をあらたに探すのも面倒で、結局川崎に誘われるままここへ来た。

「何が」

ワインバルだがふたりともビールを飲んでいる。この前のように女を口説《くど》く目的でもなければ、店を出るまでずっとビールを飲んでいることもある。それで居づらくなるような店でもない。

「あの子……いや、まあいいか」

「興味ねえだろ」

「うん、ない」

川崎はそう言って、鉄板の上の厚切りのベーコンにフォークを突き刺した。ここでふたりで食べるものも毎回決まっている。ベーコンのグリル、マッシュポテト、フライドチキン。

「声とか、でかいの？」

「聞くのかよ、やっぱ」

尚弥は苦笑する。何かもう少し、川崎を面白がらせることを言いたいと思うが、思いつかない。彼が今日、尚弥を飲みに誘ったのは、所長にやり込められてくさっていると思ったからだろうが、実際のところくさりきっていて、飲んでも憂《う》さが晴れそうになく、早々に帰りたくなっている。

「訴訟にはなんないよ」

川崎はその話をすることにしたようだ。

「たぶんな」

「ただあのオバサン、意外と百戦錬磨《ひゃくせんれんま》なのかもしれないな。こっちのことを全部見透《みす》かしてるみたいだったからな。所長に聞かせるみたいに喋ってたもんな」

川崎の言う通りだと尚弥は思った。今日、大磯谷明子がいきなり訪ねてきたことで、「訴訟」という言葉が所長の耳に入ってしまったのだ。それまで、その話が出たことはずっと伝えていなかったから、何よりもそのことを叱責《しっせき》された。

女の甲高《かんだか》い笑い声が響く。鰻《うなぎ》の寝床型の店で、尚弥と川崎はカウンターの入口側に座っているが、奥が鉤形《かぎがた》になっていてそこに四人掛けのテーブルがひとつある。そこに女客がいるようだ。ウェイターが捕まっているようで、さっきからこちらに戻ってこない。

「俺、ついでに頼んでくるよ。ビールでいいんだろ」

川崎にそう言って、尚弥はトイレに向かった。小便がいつもより近いのは、インポと関係があるのか。いやインポじゃない、まだそう決まったわけじゃない、そんな言葉は頭から締め出したほうがいい。自分に言い聞かせるようにしてトイレのドアに手をかけたとき、「あら、こんばんは」という声が背中にかかった。

水でもかけられたような心地で振り返ると、大磯谷明子が微笑んでいた。同じ年頃の女ふたりとテーブル席に座っている。同窓会か何かか、三人ともいやに粧《めか》し込んでいて、明子の唇もいつになく赤い。服も胸元が開いたニットドレスみたいなのを着ていて、いつもとは別人みたいだ。

「やーだ、だーれ？　このひと」

女のひとりが声を上げる。まだ九時になったばかりだったが、相当に酔っ払っているようだ。

「イケメンですねー」

もうひとりが言うと、

「お友だちぃー、かな?」

と明子が答えて、同意を求めるように上目遣いで尚弥を見た。唇も上瞼《うわまぶた》もワインレッドで、キラキラ光っている。

尚弥はものも言わずに自分の席に戻った。小便がしたい。ものすごくしたい。だが、この店ではいやだ。

「出よう」

怪訝《けげん》そうな川崎にそれだけ言って、返事を待たずにドアを押した。

翌日の午前中に大磯谷家に行く約束があり、尚弥は営業所の駐車場から直行することにした。

というより、出勤したくなかったのだった。といってサボればどうなるかという分別《ふんべつ》くらいはついたから、営業所へ行くかわりに大磯谷家へ向かったのだ。約束の時間にはまだ早かったから、例の大グラウンドの横に車を停めた。さすがに午前中は停まっている車はほかになかった。

シートを倒して体を伸ばすと、右手が自然にポケットに入り、ペニスを摑んだ。目を閉じて、これまで「鉄板」だったネタを次々に思い浮かべる。性的な行為というより、営業所の朝礼をこなすような気分で、手を動かす。

昨夜はワインバルを出たあとそのまま家に逃げ帰っていた――大磯谷明子があの店にいたことには気づいていなかった川崎に、逃げ出した理由をどう説明すればいいかわからないというのも、今日、出勤したくない理由のひとつだった。いや、そんなことは考えるな。女の尻や胸に集中しろ。ほらみろ。ほら。いいぞ。いい感じだ。

不意に車の窓がノックされ、そこに張りつく男の顔が見えて、尚弥は心臓が止まりそうになった。慌てて手をポケットから出してシートを起こす。目をむいた尚弥に、黄色いニットキャップにダウンジャケットという姿の男はぺこりと頭を下げた。あっ、と尚弥は気がついた。大磯谷芳朗だ。

「おはようございます」

慌てて車から下りて頭を下げると、大磯谷明子の亭主もあらためて頭を下げた。尚弥がそれまでしていたことには気づいていないのか、気づいているが素知らぬふりをしているのか、判断がつかない。

「このたびはお世話になりました」

大磯谷芳朗は言う。気づいていないな。尚弥はそう思うことにする。そう思わなければやってられない。それにしても大磯谷芳朗の口調はこの前会ったときよりもかなり愛想《あいそ》がいい。それになぜ過去形なのか。

「植木のことまでお気遣いいただいて、感謝しています。それで、金のことなんですけどね。いつ振り込んでいただけますか」

「は？」

「いや、信用してないわけじゃなくて、正確な日にちが知りたくてね。うちのやつがぼんやりで、覚えてないって言うもんで。ちょっといろいろ必要がありますのでね。通りかかったら、この車が見えたもんだから」

白い軽の横腹にはオレンジと緑を組み合わせた字で大きく鳳エステートの名前が入っている。それを見て近づいてきたわけか。

「金って、立退料のことをおっしゃってるんですか」

「え？　そうですけど」

「立ち退き、してくださるってことですか」

「しますよ、もちろん。最初の日にうちのがそうお伝えしているはずですが。あれ？　あなた……担当の方ですよね、違いましたか」

担当です。担当の斉藤です。尚弥は勢い込んで名乗った。それからしばらく大磯谷芳朗と話をした。わかったのは、大磯谷芳朗はあの古い家にはもう何の未練もないというこ

と、だからこそ初回に顔を出しただけで、あとの「事務手続き」を妻に任せたのだという
こと、立退料に加えて植木の移植の費用まで出してくれるというのは予想外のことで、大家の心遣いをありがたいと思っているということ、つまり訴訟の「そ」の字も考えたことがないということだった。

尚弥は、大磯谷明子が勝手に訴訟だの何だのとでたらめを言っていたことを、大磯谷芳朗にあかさなかった。うまくごまかして、ちょっとこちらがよく理解していない部分があった、と言うにとどめた。そのほうが面倒が少なくなると思ったからだ。このあと彼の家を訪ねる約束を明子としていることも言わなかったが、ボランティア活動の講習会へ行くという大磯谷芳朗が立ち去っていくと、すぐに車を発進させた。あの女。あの、薄気味悪い女。いったいどういうつもりなのか、問い質《ただ》さずには気が済まない。

呼び鈴《りん》を押すと、ドアを開けた大磯谷明子は昨夜のニットワンピースを今日も着ていた。化粧もしている。ワイン色の唇。それをくにゃりと緩《ゆる》めて、「いらっしゃい」と囁《ささや》くように言う。あかるいところだとひどくグロテスクに見える。女というより炎天下に置きっぱなしにされている生肉みたいに。

意外に柔らかそうな、幼魚みたいな指が迫ってきて、尚弥のブリーフケースを搦め取る。その際に胸の谷間を見せつけられる。この女は俺を誘っている。確信とともに、妙な

考えが浮かんでくる。大磯谷明子は魔女だ。この女と寝れば俺のインポは治るかもしれない。まさか。何を考えているんだ。

「ママナラナイわね、お互いに」

大磯谷明子がまた囁いた。ママナラナイ？　今のは何かの呪文《じゅもん》なのか。明子が廊下を進んでいく。そのあとに従いながら、明子を乗せて腰を突き上げている自分の姿が眼に浮かぶ。ママナラナイ。ママナ・ラナイ。ママナ・ラナイ。まわりでは火が焚《た》かれ、出会い系アプリで引っかけた女と、自転車に乗ったタイトスカートの女と、パン屋になるために退職した男に捨てられた女と、母親の葬式にやってきた経年劣化した女とが、呪文を唱えながら踊りくるっている。

十七年

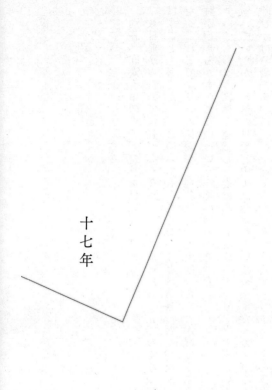

別荘へ向かう車の中で、プリンは死んだ。

数日前から自力では食べなくなっていて、前夜からは立てなくなっていた。移動日を延ばすことも考えたが、どのみちもう長くないことはあきらかだったから、予定通り出発した。これまでプリンの体調が、別荘へ行くと上向いたことが幾度かあったから、今回も奇跡が起きるかもしれないという一縷《いちる》の望みもあった。

いつものように僕が運転し、妻はバックシートでプリンとともにいた。車の中は冷房が効いていたが、炎暑の日で、中央高速はひどい事故渋滞だった。プリン……プリン……と呼びかける妻の声が時折聞こえてきた。それからすすり泣き。その声が大きくなり、プリンが死んじゃった、死んじゃったと泣きながら妻は叫んだ。

別荘に着いたときには妻はいくらか落ち着いていた。プリンの体を濡《ぬ》れタオルで拭《ふ》いてきれいにしてやり、段ボール箱にあたらしいタオルを敷いて横たえた。夕刻だったので外に食事に行き、妻はわりと食べることができた。帰り道で道端に咲いている花を摘《つ》み、段ボール箱の中に入れた。箱は明日までリビングに置いておくことにして、その晩は僕の発案で、テラスで花火をした。きれいだねえプリン、よかったねえプリン、もう苦しくないねえと言いながら。

遺体は翌日、僕が敷地内に埋めた。ファーマーズマーケットでラベンダーの苗を買ってきて、墓の周りに植えた。

プリンは十七歳だった。

十七年前、別荘を購入したのとほぼ同時に飼いはじめた。別荘地の管理事務所に「里親募集」のポスターが貼ってあったのだ。ミルクティー色の毛並みの、黒々とした目の仔猫《こねこ》だった。僕と妻は遅い結婚で子供がいなかったが、犬や猫を飼うということは考えないまま暮らしてきた。ポスターを見たとたん、なぜかふたり同時に、この猫がほしいという気持ちになったのだった。別荘を手に入れて浮かれていたせいかもしれないし、今、決断しなければ、この先もう自分たち以外の生きものと暮らすことはないだろうと、少なくとも僕は、心のどこかで考えていたのかもしれない。そのとき僕は五十五歳で、妻は六十歳だった。プリンという名前は妻がつけた。お菓子ではなく、プリンセスのプリンだ。

急な死ではなかった。五年ほど前に糖尿病であることがわかって、一日二回のインスリン注射を続けていた。血糖値のコントロールがうまくいくようになり、病気と付き合いながら長生きできそうだったが、一昨年《おととし》、腎臓に腫瘍《しゅよう》が見つかった。もう高齢なので手術はリスクのほうが大きかった。インスリン注射に投薬と輸液を加えて対処してきたが、じわじわと痩《や》せていくのをどうすることもできなかった。体重が二キロを切って「もう、いつ何があってもおかしくない状態です」と、数ヶ月前に獣医から言われていた。

だからこちらも、たぶん少しずつ覚悟していた。プリンが死んで悲しいのはもちろんだが、穏やかな悲しみだった。プリンの体調の変動に一喜一憂したり、朝目が覚めるたび、あるいは数時間家を空けて帰るたびに、プリンはちゃんと息をしているだろうかと心配することはなくなった。プリンが死んで、とにかくプリンが死ぬ不安からは解放されたのだ。

それでも思い出は、暮らしの中に地雷みたいに埋まっていて、ときどき不意打ちで涙が出た。いつも寝ていたクッション、鯵《あじ》の天ぷらが好きだったこと、プリンが始終爪《つめ》とぎをしたせいで毛羽立《けばだ》っているソファのアーム。書棚に積み上げた本にふと目が留まり、この本を買ったときにはまだプリンはいたのだ、と思ったりもした。そのうえ僕はまだその本を読んでもいなかった。同様のことはもちろん妻にも起こっていただろう——たぶん、僕よりも頻繁《ひんぱん》に。いったん泣きはじめれば長い間泣いているようで、いつも瞼《まぶた》が腫《は》れていた。

異変がはじまったのは、その瞼の腫れが引きはじめた頃だった。

初回は運転中のことだった。

ふたりで外食に出て、夜道を別荘へ戻っていた。田舎《いなか》の山中は国道でも街灯がほとんどない。人家の窓の灯《あか》りも遠くにぽつぽつとしか見えず、真っ暗な中を、ヘッドライトだけを頼りに走る。対向車が少ないのは気が楽だが、かわりに不意に鹿や兎《うさぎ》が横切ったりする。

「ああっ」

助手席の妻が声を上げたので僕はぎょっとして、ブレーキを踏みそうになった。

「なんだよ、どうしたんだ」

「今、横切ったの、プリンじゃなかった?」

「プリン?」

そもそも何かが横切ったりはしなかった。もちろん何かを轢《ひ》いたとか、ぶつかったとか思える感触もない。灯りの加減か、路肩の草の穂が揺れたのがそう見えたということか。

「まあ、プリンが会いに来たのかもしれないね」

そう見えたことにしたかったのだろう、と思いながら僕は言った。

「あなたも見た？」

「いや……」

「じゃあ私だけに見えたのね。きっとプリンのことばっかり考えているせいね。さっきも思い出していたのよ」

会話はとくに不自然ではなかった。これまでの妻の性格からすれば、やや感傷的すぎるとも感じたが、ふたりにとってかけがえのなかった——子供がわりと言ってもよかった——猫を亡くしたはじめての経験なのだから、そういうこともあるだろうと思った。

「今、猫の声がしなかった？」

妻がそう言ったのはそれから数日後だった。夕方近く、わざわざ僕の書斎のドアを開けて。

「子供の声だろう。さっき池に家族連れが来てたから」

僕らの別荘の前には人工池があり、書斎の窓から見渡せる。妻は部屋に入ってきて、窓辺に立った。

「誰もいないわよ」

「帰ったんだろう、もう暗いから」

僕は少し苛立《いらだ》ちながら言った。週刊誌から頼まれていた書評を、夕食までに書き終えてしまいたかったのだ。妻はいくらか不満そうな様子ではあったが、そうなのねと呟《つぶや》いて出ていった。

その夜、妻は寝入っている僕を揺すり起こした。

「ね、プリンが鳴いてる。プリンが来てる」

ナイトテーブルの上のスマートフォンを見ると午前三時過ぎだった。何の声も、音も聞こえなかった。妻の切迫したような息遣《づか》いを感じるだけだ。

「夢を見たんだよ」

「夢じゃないわ。起きてたもの」

「今も聞こえる?」

僕と並んで寝ているダブルベッドの上で、僕同様に腰から下はガーゼケットの中に入れたまま、妻は声を探すように首を伸ばした。耳の下で揃《そろ》えた癖のある細い髪は寝乱れてぐしゃぐしゃで、別荘に滞在中はヘアサロンに行かないせいもあるのだが、頭頂部がすっかり白髪《しらが》になっている。首の皺《しわ》や顎《あご》のたるみが妙に目につき、僕は目をそらした。妻は来月で七十七歳になる。僕より五歳上であるということが、ここ数年、以前より意識されるようになった。

「プリンは毎日起こしに来たわよね」

聞こえない、と答えるかわりのように、妻はそう言った。

「そうだったね」

まだ階段を上る元気があった頃、明け方になると寝室へやってきて、ニャーニャー鳴いて餌《えさ》の催促をした。食べさせても、また三十分ほどするとやってきて鳴いた。少し呆《ぼ》けてもいたのだろう。

「あなた、怒鳴《どな》ったことがあったでしょう」

「一度だけね」

仕事がはかどらずベッドに入ったのが午前四時近くで、やっとうとうとしたと思ったら何度も鳴き声に起こされ、たまりかねて「うるさい!」と怒鳴ったことがたしかにあった。

「あのときプリンは黙ってトコトコ階段を下りていったのよ。可哀想《かわいそう》に……」

「起きてから謝ったじゃないか。プリンもゴロゴロいって、許してくれたよ」

「もう、絶対にやめてくださいね、あんなふうに猫に癇癪《かんしゃく》をぶつけるのは」

僕が返事に詰まっている間に、妻はガーゼケットに潜り込み、背中を向けてしまった。

　以後、似たようなことが頻繁に起きるようになった。プリンの声が聞こえた、プリンが鳴いてる、プリンを見た、プリンが来た、プリンが通った――と妻は主張した。否定するようなことを僕が言うと機嫌が悪くなり、いつかの明け方のときのように攻撃してくることもあるので、僕は聞き流すことにした。同じように可愛《かわい》がっていたつもりでも、僕は書斎にこもっている時間が長く、プリンとの関係は妻のほうが密だったろう。プリンを失ったダメージは、彼女のほうが大きいのだろう――たぶん、僕が推測していたよりもずっと。

　僕は仕事に集中しようと努めた。秋に刊行予定の評論集のゲラを抱えていたこともあったが、実際のところ逃避でもあった。僕もまた相応のダメージを受けているらしかった――プリンの死によるものなのか、プリンの死に対する妻の態度によるものなのかはわからなかったが。

　その日は山の夏らしい、爽《さわ》やかな天気だった。午後、仕事がきりのいいところまで進んだので、妻を散歩にでも誘ってみようかと、書斎を出た。妻はリビングのソファで、ソファに敷いていた毛足の長いシープスキンを抱きしめて横たわっていた。

「おい、君子《きみこ》、大丈夫か、おい」

　僕は妻を揺すった。ひどく不吉な感じがしたのだ。妻はうるさそうに目を開けた。

「いい気持ちで寝てたのに……何？　何か用事？」

「いや……寒そうだったから」

そうね、少し肌寒いわねという答えを期待しながら僕は言った。その実、シープスキンに抱きついているのは寒いせいではないだろうと思っていた。

「これはプリンよ」

やはり妻はそう言った。

「大丈夫か」

と僕はもう一度聞かざるを得なかった。

「何が？」

「つまり……プリンが死んだってこと、わかってるよな？」

冗談めかして聞こえるように語尾に笑いを含ませたが、妻は笑い返しもせず、きつい目で僕を睨《にら》んだ。

「あなたって、そういうところがあるわよね」

「えっ？」

「無神経。言わなくてもすむことを、わざわざ言ってみるの」

「それは悪かったね」

つまり死んだことはわかっているのだ、と安堵しようとしながら僕は謝った。

「ねえ？　プリンちゃん」

僕がその場を離れようとしたとき、妻はシープスキンに向かって呼びかけた。

翌日、僕は東京へ行く用事があった。友人と言っていい間柄の作家が先月、ある文学賞を取り、その内輪の祝いの会に出席する予定になっていた。夕刻から神楽坂《かぐらざか》のイタリアンレストランで催《もよお》される会に間に合うように東京へ行き、その日は荻窪《おぎくぼ》の自宅に泊まって、翌日別荘へ戻るつもりだった。

一緒に行かないかと妻を誘ってみたが、なんで私が？　という答えだった。それはそうだ。妻を同行して行くような会ではないし、だとすれば東京の自宅でただ一泊するだけのために、往復四時間をかけることになる。今までも、こういうときはいつでも僕ひとりで移動していた。

それじゃ、行ってくるよ。はい、運転気をつけて。いつものやりとりをして僕は出かけた。大丈夫か、と今一度聞きたい気持ちを抑えた。一泊でも、妻をひとり別荘に残して行くことが心配だったが、正直言えば一方で、しばらくの間、妻から離れられることにほっとしてもいた。

別荘地と十度以上は違う東京の蒸し暑さに早々に消耗《しょうもう》しながら、会場に着いた。会自体は知り合いばかりの、気楽な集まりだった。立食形式だったのであちこちのテーブルを巡って近況を語り合い、そのたびにワインの杯を重ねていい具合に酔っ払った。

「猫が死んだんだよ」

気がつくと、言うまいと決めていた話をしていた。「奥さんはお元気？」と聞かれたからだ。そのときはもう二次会で、飯田橋《いいだばし》のバーにいた。人数が半分ほどになり、薄暗い店内でさらに近しいひとばかりでテーブルを囲んでいたので、気が緩《ゆる》んだというのもあったかもしれない。

「君子はひどく悲しんでてね……ちょっとふつうじゃないんだ」

僕は最近の妻の様子をかいつまんで話した。嘘《うそ》を吐《つ》いているという意識はなかったが、話しやすいように話した、ということはあったかもしれない。

「ああ、わかるわかる。私も実家の犬が死んだとき、そんな感じだったもの」

僕よりも少し若い女性作家が言うと、「あるある」「僕も……」「うちの妻も……」と体験談が続いた。僕の妻のふるまいを異常だと言うひとは誰もいなかった。ペットを亡くした経験を持つひとの誰もが、それは無理もないことだという反応を示した。酔いに任せて、僕は安心した。話題はそれから、「悲しみへの対処法」「怒りのやり過ごしかた」へと移っていき、失恋や離婚のときのエピソードが披露された。

　その会話の流れの中で、Mという男の死を僕は知った。その場にいる知人のひとりと二十年以上前に離婚した女性がその後、再婚した相手がMで、去年心筋梗塞《しんきんこうそく》で死んだのだという。Mはかつて僕の担当編集者だった。その後、僕の仕事にはかかわりのない部署へ異動したので、付き合いは途絶えた。それでも出版社主催のパーティなどで顔を合わす機会はあり、会えば挨拶《あいさつ》をし、短い会話も交わした。親しくはなく、死んだことを知らされないくらいの関係だったわけだが、やはり驚きと衝撃があった。あのMが……。Mは僕よりひとつふたつ年下だった。最後に彼に会ったのはいつだったたか。

「死ぬなあ、ひとは」

　ほとんど独り言として、僕は呟いた。誰かが頼んだゆで卵――半分に切った半熟卵が十個、皿の上に載っている――が誰にも手をつけられないまま、ダウンライトの仄《ほの》かな灯りの下でぬらぬら光っている。テーブルを囲んでいる六人の中で七十二歳の僕がいちばん年長だが、二次会に残ったメンバーは定年間際か、定年後に嘱託《しょくたく》として働いている者ばかりで、フリーランスもその年回りだから、平均年齢は六十五歳というところか。

「じゃんじゃん死んでますよ、もう」

「そのくらい自分が長く生きてるってことですよね」

　そうだね、と僕は頷《うなず》いた。それからゆで卵をひとつ食べ、Mが死んだという事実について、あらためて考えた。M個人のことを考えたというよりは、Mが死んでいた、ということを。今日、知らされなかったら、次に耳にするときが来るまで、僕はそのことを知らなかったわけだ。案外何年も、僕の中でMは生きていたかもしれない。だが彼はもうどこにもいない。そんなふうにひっそりとこの世界から消えた知人は、きっとほかにも何人もいるだろう。今この瞬間にも、誰かが消えようとしているかもしれない。もちろん僕も、誰だって、この世という枠組みの中では、そんなふうな小さな泡みたいなものなのだ。僕はそんなふうに考えた。

タクシーの中でスマートフォンをたしかめたが、妻からの連絡は入っていなかった。こちらから電話をしたくなったが、時間は午前二時を過ぎていた。妻はもう眠っているだろう。連絡がないということは、問題は何も起きていないということだろう。自分にそう言い聞かせて、酔っているのにあまり熟睡できぬまま朝を待った。

午前八時過ぎに、ベッドの中から妻のスマートフォンに電話した。呼び出し音が鳴り続けたあと「ただいま電話に出ることができません……」というメッセージが流れた。妻はスマートフォンを持ち歩くタイプではないから、そういうこともあるだろう。僕はそう考えて、浴室に並べた観葉植物——留守中、浴槽に張った水から水分を補給できるようにしてある——に水をやり、浴槽の水も張り替えてから、再び電話をかけた。やはり出ない。ジャケットのポケットに入れて持ってきたドリップパックでコーヒーを淹《い》れ、電話をかけ、飲み終えて電話をかけ、カップを洗ってからまたかけた。妻の声を聞くことができないまま座っていると、家の中がどんどんよそよそしくなっていくような感じがした。東京の家は以前からこんなふうだったろうか。キッチンカウンターも、その上に置いてある小さなカゴも、ダイニングの椅子《いす》も花模様のクッションも、もちろん見知ったものだったし、問われればそれらがそこにある経緯さえほとんど答えられるが、それらのほうでは、僕のことを知らないか知らないふりをしているように感じられた。僕はもう一度電話をかけ、同じメッセージを聞いてから、急いで身支度して車に乗った。

自宅から別荘まで約百六十キロ。ドアツードアで二時間かからないその距離を、今日はひどく遠く感じた。

気が焦っているせいもあるのだろうが、高速道路に乗って半分も走らないうちに、ひどい消耗を感じていた。十七年前にはこんな距離は何ほどでもなかった。「近い」というのが別荘の購入を決めた理由のひとつだったし、実際、仕事の都合で一日の間に往復したことも幾度もある。だが、ここ数年は運転が疲れるようになった。そうとは認めないようにしていたし、助手席に妻が乗っていれば何となく紛《まぎ》らすこともできていたが、ずっと疲れていたのだ、と僕は思った。今日にはじまったことじゃない。あるいは衰えは日々少しずつ蓄積していて、いわゆるコップに一滴ずつ溜《た》まっていった水がある日溢《あふ》れるように、今日、ごまかしようがなくなったのかもしれない。

クラクションが響き、僕は慌《あわ》ててアクセルを踏み込んだ。合流地点で、うっかり左車線のままだった。追突されるのは免《まぬか》れたが、文字通りの冷や汗が出た。十七年。その数字が、バックミラーの下に、キーホルダーか何かのようにぶらぶらと揺れる。小さな仔猫だったプリンが老猫《ろうびょう》になりその命が尽きるまでの月日。五十五歳だった僕が七十二歳になり、六十歳だった妻が七十七歳になる月日。

十七年前、別荘地は車がないと動きが取れない場所だということがわかって、運転はいつまでできるだろうか、という話にもなったのだった。まあ、あと十年は保証するよ。別荘がほしかった五十五歳の僕は、笑いながらそう言ったはずだ。二十年後は？　と妻が聞き、七十五か、それはどうかな、と僕は答えた。でもその頃には、どのみち別荘だって老朽化してるだろう？　そうね、と妻も笑った。私だって生きてるかどうかわからないものね、と。

斜面の下にある別荘が見えてくる。もちろん外観だけでは、異変が起きていたとしてもわからない。私道をバックで下っていると、後輪が何か硬いものを踏んだ感触があった。降りて調べると、やわらかい土の中に妻のスマートフォンがめり込んでいた。

「君子！」

僕は家の中に飛び込んだ。頭に浮かんでいたのは拉致《らち》や出奔《しゅっぽん》だったが、予想に反して、妻はいた。ソファに、今日は横たわってはおらず、弱ってきた頃のプリンがよくそうしていたように、中央にぽつねんと座って、何も見ていないような顔を真正面に向けていた。白いサマーニットにジャージーのロングスカートを穿《は》き、髪もきちんとしていたが、全体的に何か不自然な印象があった。服が大きすぎるのか――少し、いやかなり痩せたのか？

「大丈夫か」

「何が？」

またいつぞやと同じやりとりになった。まっすぐに座っているのだし具合が悪いようには見えないが、「お帰りなさい」の一言もなければ、大丈夫かと聞かざるを得ない。

「スマホが外に落ちてたぞ。車で轢いたから、壊れたかもしれない。落としたのに気がつかなかったのか」

泥がついたスマートフォンをかざして見せると、妻はそれが何なのかわからぬというように眉《まゆ》を寄せた。

「何度も電話したんだ、繋《つな》がらないから心配したよ」

反応を促《うなが》すためにそう言うと、妻の表情は強情な子供を思わせるものになった。

「落としたんじゃなくて捨てたのよ」

「捨てたって……どうして」

「へんな電話がかかってきたらいやだから」

「へんな電話がかかってきたのか」

「ええ……そうよ」

妻は僕から目をそらし、再び虚空《こくう》を見る顔になった。どんな電話だ。何を言われた。いくつか浮かんだ質問は結局口から出せなかった。妻の表情のせいだ。

そろそろ正午だった。昼飯はどうするんだという言葉をやはり飲み込んで、僕はシャワーを浴びた。観葉植物のせいで、東京の自宅の浴室を使えなかったからだ。

服を着替えてリビングに戻ると、妻はまだソファに座っていた。だが、顔はこちらに向けていて、僕があらわれるのを待ち構えていたふうだった。

「どうして昼間っからお風呂に入ったの」

僕を睨んで妻は聞いた。僕が観葉植物のことを説明するのを、妻はふんという顔で聞いていた。

「東京で何してたの」

「何って……知ってるだろう、Kさんのお祝いの会に行ったんだよ」

「木島純子《きじまじゅんこ》も来てたんでしょう」

「木島純子？　何を言い出すんだ、彼女は……」

「東京で木島純子と何してたの」

「おい、君子」

「電話もくれずに、木島純子と一晩中何してたの」

「君子、しっかりしてくれよ。木島さんはとうに亡くなったじゃないか」

妻の険《けわ》しい表情が一瞬揺らいで、また元に戻った。

「嘘ばっかり。そう言えば私を騙《だま》せると思ってるんでしょう。もう、いいわ」

妻は立ち上がってリビングを出ていった。洗面所のドアが乱暴にしまり、鍵をかける音が聞こえた。僕は呆然としたままそのドアの前を離れ、階段を上った。書斎に入り、パソコンを起動させる。

たしかに僕は木島純子と浮気をしていた。だがそれはもう二十数年前のことだ。関係は一年ほど続いたところで妻の知るところとなり、僕は純子と別れた。妻の失望と怒りはその後やはり一年くらい続いたが、関係は次第に修復し、やがて元通りかそれ以上に落ち着いたからこそ、別荘を買うことにもなったのだ。そして木島純子は二年ほど前、乳がんで亡くなった。そのことを僕と妻は同時に知った。打ち合わせのために自宅へ来た若い編集者が喪服姿で、このあと先輩編集者の通夜なんです、と話し出したことでわかったのだ。純子も、僕が知らないうちに死んでいたわけだが、二年前にはすでにその程度の関係だった、ということでもある。

「免許返納　何歳」

グーグルを開き、検索窓に僕が打ち込んだのはそれだった。出てきたサイトのいくつかを読み、それからまた検索窓に戻って、「別荘　売却」とタイピングした。不動産屋の広告、個人の体験談、高く売るためのハウツー。違う、こんなことを知りたいわけじゃない。ジリジリとそう思いながら、字面《じづら》だけを追っていく。今、検索窓に入れるべきなのはべつの言葉なのだとわかっている。だがその言葉を打ち込むことを心が拒否している。

僕はぎくりとして手を止めた。階下から歌声が聞こえてくる。そっと立ち上がり、吹き抜けの手すりからリビングを見下ろすと、妻が歌いながら踊っていた。声が甲高《かんだか》くて言葉がよく聞き取れない。かーみーさーまー、かーわーいーいー、というふうにも聞こえるが、何の歌なのかわからない。両腕を上げたり下げたりしながら、くるくる回っている。

腕を上げるとニットの袖《そで》がずり下がって、細い蔓《つる》みたいな妻の腕があらわになる。スカートの裾《すそ》を踏んでよろめき、ウエストが引っ張られて、下着が覗《のぞ》く。

僕は階下に下りた。もう「大丈夫か」と問いかける気にもならずただ眺めていると、妻は歌と踊りをやめた。息を弾《はず》ませながら、

「びっくりした？」

と聞く。

「ああ……びっくりしたよ」

僕は仕方なくそう答えた。妻はあははははと笑い出した。

「びっくりさせたかったのよ。成功。大成功」

「そうか」

妻は笑い続けていた。芝居がかった、「あははは」という文字を読み上げているような笑いかただった。僕は両腕を上げた。

「わーらーびー、はーるーまーきー」

でたらめに歌い、くるくる回った。そうだ、こんなことはやろうと思えばできる。だから妻もやってみたのだろう。びっくりさせようとしたというのは本当だろう。さっき木島純子の名前を持ち出してヒステリーを起こしたことを、彼女なりに修復しようとしている

のだ。僕も悪かった、妻を放っておきすぎた、プリンが死んだあとのケアが足りなかった、それで君子は、一時的に調子がくるったのだ、そういうことだ。

踊りながら僕はそう考えた。でもそれは妻の笑いと同様に、どこかに書いてある文字を読むような思考だった。妻は今はソファに座って、うっすら微笑《ほほえ》みながら僕を眺めていた。愛情深い微笑だと僕は感じた。若い頃からときどき、彼女はあの表情で僕を見る。大丈夫だ、僕の気持ちをわかっている。

僕が踊りやめると、妻はソファから立ち上がった。キッチンのほうへ向かおうとして振り返り、

「あと十分くらいでプリンに注射を打つ時間だから、忘れないでね」

と言った。

あの娘《こ》の名前

その朝、食卓に着いた家族は全員が仏頂面《ぶっちょうづら》だった。

鞠子《まりこ》と夫の真一《しんいち》は昨夜、ちょっとした諍《いさか》いをしていた。今日、息子を東京まで送っていくのは真一の役目だったのに、欠席できない歓迎会だか送別会だかの予定を忘れていたとかで、鞠子が行かなければならなくなったからだ。非はもちろん夫にあって、最初は防戦一方だったのに、途中から、だっておまえは暇じゃないかと言い出した。今年のはじめに、ずっとアルバイトしていた歯科医院の受付を辞めたのだが、その理由は院長にも家族にも説明していなかった。

息子の拓馬《たくま》の表情が暗いのは、あの娘《こ》のせいだろう。そのことを真一は知らないが鞠子は知っている。このところ毎晩眠りが浅く、トイレに行ったりキッチンに何か飲みに行ったりするたびに息子の部屋から電話であの娘と話している声が聞こえてきて、何度かは立ち聞きしたこともあるからだ。鞠子はあの娘のことがきらいだった。息子と離れて暮らすことになるのは寂しいけれど、それとはべつに、さっさと東京へ行かせなければと考えていた。

「さあ、そろそろ行こうか」

鞠子が椅子《いす》から立ち上がると、夫と息子ものろのろと続いた。鞠子の苛立《いらだ》ちの目盛りがまた大きく跳ね上がった。あんたたちの憂鬱《ゆううつ》なんて、私に比べれば屁《へ》みたいなもんでしょう、と心の中で毒づいた。「乗って乗って。もたもたしてると高速が混むから」平日の午前十時で、渋滞の根拠はなかったがそう言って、軽の助手席に拓馬が乗り込むと、すぐに発進させた。

慌《あわ》てたように手を振る夫の姿が、バックミラーに映る。今日は息子の旅立ちの日だ。東京の大学に通うためにこの山の家を出て、東京の郊外のアパートでひとり暮らしをはじめる。予定通りに夫が運転し、自分が見送る立場だったら、息子にどんな言葉をかけよう、きっと泣いてしまうだろうと考えていた。運転手になったおかげで、とりあえずは泣かずにすんだ。ついでに、夫に別れを惜しむ暇《いとま》も与えないという意地悪まで付け足した。一方で、この別れはそんなにたいしたことじゃないと思いたい気持ちもあるのかもしれない。

山道をぐるぐると下りていく。車がないと生活が立ち行かない土地で暮らしているから、運転は手馴《てな》れたものだが、気がつくと心臓がいやな感じに脈打っている。起床時から自覚していた微《かす》かな頭痛が微かではない頭痛になり、その痛みと動悸《どうき》が二重奏みたいになっていく。息子が家を出ることが決まった頃から、症状がひどくなった。

行く手に張り出した枝ばかりの茂みが膨《ふく》らんだように思ったら、鹿が三頭横切っていき、鞠子は「わっ」と声を上げた。よくあることで、慌てる距離でもなかったのだが、車が弾《はず》むほどの急ブレーキをかけてしまった。

「何やってんだよ」

ずっと黙っていた拓馬がぎょっとしたように顔を上げた。

「鹿も見納めだね」

鞠子はそう返した。返事はない。

「東京には鹿はいないでしょ」

たたみかけると、ややあって「たぶんね」という返事がある。会話を切り上げたがっているのがありありとわかる。元来やさしい子で、反抗期のようなものもなかったが、かわりに今は、母親への関心をすっかり失っている感じだ。もちろん、ほかに大いなる関心の対象ができたからでもあるだろう。

やさしいということは、裏を返せば気が弱く、流されやすいということでもあって、息子のそういう部分に、鞠子はずっとやきもきしてきた。性格のせいでこの子は手に入れられるものをいくつも逃《のが》してきたんじゃないかと思っている。でも、今回はちゃんと決断したようだ。よかった。えらいぞとほめてやりたいし、息子の決断を励まして、心を軽くしてやりたい――盗み聞きしたことはあかせないから、黙っていなければならないのがつらいところだ。

ボーン。ラインの着信音がまた響く。さっきからひっきりなしに鳴っている。それがラインの着信音だとわかる程度には鞠子もラインを使っている――家族の連絡用にと設定したグループラインは、結局ほとんど使われていないけれど。拓馬のスマホは彼の膝《ひざ》の上にある。手は触れていない――普段なら、鞠子が目にするかぎり、たいていいつもいじっているのに。ボーン。あの娘からのラインだろう。そうに決まっている。しつこく何か言ってきているのに違いない。ラインのアプリを開かなくても、スマホの待ち受け画面にメッセージがあらわれるから、拓馬はそれを見ているのだろう。だが返信はしていない。するつもりはないようだ。いいぞ、と鞠子は思う。えらいぞ、そのままずっと無視を決め込んでやれ。ボーン。ボーン。ボーン。

「ライン、鳴ってるけど、いいの？」

言うまいと思っていたのに、ついに鞠子はそう言ってしまった。

「いい」

と拓馬は俯《うつむ》いたまま短く答えた。鞠子の胸はちくりと痛んだ。あの娘のことをよく思っていなくても、息子が心を痛めているのを見るのはつらい。

「スマホの電源、切っておけば？」

気遣《きづか》いがそういう言葉になってしまった。しばらくしてから「わかったよ」と拓馬は言った。うるさいという意味に受け取ったのかもしれない。そうじゃないんだよと言いたいが、どう言い直せばいいのかわからない。

車は高速に乗り、鞠子はハンドルを握りしめた。

高速に乗ることはめったにない。今の拓馬と同じ歳、十八のときに運転免許を取って以来、片手で数えるほどの経験しかない。改めて考えてみれば結婚してからは一度もなくて、正直なところ怖かった。

左車線を走りはじめてすぐ、首から上がかあっと熱くなり、汗が出てきた。高速に乗ったのがきっかけには違いないが、これは最近よく起きることで、更年期のせいだった。頭痛も動悸も、毎日よく眠れないのもそのせいだ。ちょうど去年の今頃から症状が出はじめて、こっそり病院に行ったら更年期障害だと断定されて、がまんできないようなら薬を出しますよと言われたが断った。女に生まれてきたならば、程度の差はあるかもしれないが誰でも通る道だろう。薬を飲んだらそのことで病気と認定されてしまうような気がしたし、何かに負けを認めるようにも思えたのだ。

そのうち慣れるだろうと思っていたのだが、見込みが甘かったと言わざるを得ない。慣れるどころかどんどんひどくなっている。これからまだひどくなりそうだ。少なくとも当分は、今より軽くはならないだろう。それを認められる程度には、慣れた、ということなのかもしれない。

ゴツゴツした大きな石を飲み込んだように胸が痛みはじめ、鞠子は大きく息を吸い込んだ。息を吐くとき溜息《ためいき》みたいに聞こえないように気をつける。拓馬にはもちろん、夫にも打ち明けていなかった。辞めた歯科医院にも、友達にも知り合いにも、誰にも言っていないのは、こんなことは吹聴《ふいちょう》するもんじゃないと思っているのと、誰かの口から夫や息子の耳に入ってしまう危険を避けているという事情がある。

家族にあかしていないことで、いっそう憂鬱な事態になっていることはわかっている。具合の悪さを訴えられないから、鞠子は始終無理をしているし、始終不機嫌になっている。「どうかしたのか」と夫に聞かれても「べつに」としか答えられない。そんな妻を夫はもてあましているようだ。もてあますくらいなら妻が更年期にさしかかっていることに気がついても良さそうなものだが、鞠子が頑《かたく》なに隠しているのだから、しかたがない。

拓馬はともかく、どうして夫に言えないのだろう？　そのことを鞠子は、たびたび考えてみた。いやだから。知られたくないから。答えは結局、それになる。女にそういう時期が訪れることは、もちろん夫は知っているだろう。でも、知っていることと、妻にもそれが来たと知ることとはべつだろう。いや、彼にとってというよりあたしにとってべつなのだ、と鞠子は思う。いったいどんな顔をして言えばいいのか。

更年期の少し前から、夫との間に性交渉は絶えていた。そのことにも関係があるような気がする。いや、「関係がある」と思えることがいやなのだ。性交渉については再開したいとは思っていない。体がきついから、しなくてすんで助かっている。でもその「助かっている」という実感には、どこか言い訳じみた、問題を棚上げしているような気分が混じっているようで、そうだ、そんなふうに感じさせられることもいやなのだ。

ラインの着信音はもう聞こえない。拓馬は言われた通りに電源を切ったのだろう。電源を切ったことは、相手には伝わるのだったか――ラインの場合は電源を切ったことはわからないか。そうだとすればつまらないが、いずれにしてもあの娘は拓馬にラインを送り続けて、ひょっとしたら今頃は電話をかけたりもしていて、だが拓馬からの応答は一切ない、という状態なわけだ。

電話をかければ、電源を切っていることはわかるだろう。あの娘が何を言ってきても拓馬はもう耳を貸すつもりがないのだと、あの娘も理解するはずだ。それでいいのだ。甘い声を出したり泣いてみせたりしても、なんでも思い通りになるわけじゃないのだと、あの娘もそろそろ知るべきだ。正直に言わせてもらえば、いい気味だ。

助手席で、拓馬はほとんど動かない。スマホは今は彼の足とギアの間あたりにあって、拓馬の右手が、それを摑《つか》んでいるのが見える。その指の形で、母親である鞠子には、息子の気持ちがわかるような気がする。もちろん、あの娘のことばかり考えているのだろう。電源を切ったことがあの娘に知られたら、もう取り返しがつかない、本当に終わってしまう、とでも考えているのだろう。電源を入れたいなら入れればいいのに。自分が電源を切らせた張本人であることは棚に上げて、鞠子はそうも思う。がまんしているのがかわいそうだし、情けなくもある。電源を入れてあの娘にびしっと言ってやればいいのに。あたしにも、あの娘にも、もっとびしっとした態度を示せばいいのに。

緊張と体の不調とが、鉛色《なまり》の厚手のビニール合羽《がっぱ》みたいに、鞠子の全身を覆《おお》っていた。閉じ込められた心地で運転に集中しながら、頭の一部ではなぜか昔のことを考えていた。

これが「走馬灯のように」というやつか。今際《いまわ》の際《きわ》というわけではないから縁起でもないが、息子は日常からいなくなるわけだし、鞠子の女性ホルモンも尽きようとしているわけだし、なにかの際《きわ》ではあるのだろう。

鞠子が真一と結婚したのは、二十七歳のときだった。いや、彼のことにかんしては、もっと前から思い出すべきだろう。真一とは高校の同級生だった。東京の大学に進学した真一と、二十五歳のときに再会し、二年の付き合いを経て結婚した。

瞼《まぶた》の裏に花火が上がる。毎年、湖畔で開催される花火大会にはとんでもない数の見物客が集まる。その中でどうして真一の顔を見分けることができたのか、いまだに不思議だ。高校時代、真一はクラスメートではあったけれど、交際していたわけではなかったし、とくに親しくもなかった。だからこそ、あっと思って、ためらいなく声をかけることができたのかもしれない。真一は東京で就職したが、希望してこちらの支社に転勤して一年目だった。「あれ、遠藤《えんどう》かあ」と破顔《はがん》した、あのときの彼。

鞠子の両親は当時、薪《まき》ストーブの専門店を営んでいた。鞠子は県内の専門学校でインテリアを勉強した後、店を手伝っていた。真一との結婚後も店に出ていたが、母親が亡くなった後、父親は店をたたんでしまった。今、彼は敷地内の一軒家で独り暮らししている。

母親は乳がんを患《わずら》ったのだった。彼女のつらい闘病の日々は、あまり思い出したくない。かわりに鞠子は、小さなポーチを思い出す。古いニットの袖《そで》の部分を切り取って母親が作ってくれたポーチ。十二歳のときだった。初潮が訪れたことを伝えたら、次の日の朝、これに生理用品を入れて学校に持って行きなさいと言って、渡してくれた。ミックスツイードの紺色の地に、フェルトで作ったピンクとオレンジの小花が縫いつけてあった。

男子生徒にからかわれるのがいやで、そのときにはいつもポーチをランドセルや鞄《かばん》ではなく、スカートのポケットに忍ばせていたものだった。あのポーチをいつまで使っていたのか、いつどんなふうに手元から失ったのか覚えていない。口紅を持ち歩くようになった頃には、化粧直しを理由にすればいいから、トイレに立つときバッグを持っていくことに恥ずかしさは感じなくなった。真一の家にはじめて呼ばれて彼の両親に会った日が生理で、バッグをトイレに持っていくことまではできたが、使い終わったナプキンをその家のゴミ箱に捨てることがどうしてもできなかった。ティッシュで包んでポケットに入れて持ち帰った。それを自宅で捨てるまでの、生きているトカゲをポケットに隠しているみたいな、なんとも言えない気分。

ああ、これではまるで「月経史」だ。だがどうしてもそうなってしまう。次の思い出は拓馬を妊娠したときのことになる。子供は結婚三年目に授かった。ほしかったのにずっとできなくて、そろそろ医者に相談してみようかという話も出ていた頃だった。いつもぴったりの周期で来る生理が来なくて、でも、子供のことを考えすぎているせいで不安定になっているのかもしれない、とぬか喜びになることを警戒しながら、今日も来ない、まだ来ない、ひょっとしたら……と日々を過ごした。あのときのそわそわした気持ち。そして妊娠検査薬を使い、病院へ行き……自分の体の中に小さな生きものがいることが間違いなくなったときの、嬉《うれ》しいような怖いような、腹を抱きしめてじっとまるくなっていたいような、同時に、わーっと叫んで走り回りたいような、あの感じ。

生まれてきた赤ん坊は小さくてびっくりするほどやわらかくて、風が吹いたら飛ばされそうで、少しでも目を離せば誰かに連れて行かれそうで、いずれは自分で動いたり喋《しやべ》ったりするようになるなんて思えなかった。でもその子は毎日少しずつ、ちゃんと大きくなっていき、いつの間にか十八歳になっていて、恋人ができ、その娘の身勝手に振り回されて、せっかくの門出にずっと暗い顔をしている。

あの娘を鞠子がはじめて見たのは一昨年《おととし》の秋だった。山裾《やますそ》に沿ってずっと続く田んぼの列が美しく望める橋があって、拓馬とふたりでそこにいた。鞠子は仕事を終えた帰りで、路肩に車を停めて景色を眺めるつもりで、スピードを落としながらそこに近づいていた。最初にあの娘の横顔が見えた。夕日を受けて、文字通り輝いていた。なんてきれいな娘なんだろうと思ったが、鞠子の頭に最初に浮かんできたのはあの、母が作ってくれたポーチだった。自分がかつて持っていたもの、歳月と共に今は失われてしまったものすべてで、あの娘は満たされているようだった。本当にそのとき、娘の横にいるのが息子だとは知らぬまま、そう感じたのだ。横にいるのが息子だと気がつくと、鞠子は車を停めずに走り去った。自分がふたりを見たこと、そして走り去ったことを息子に気づかれてはいないかとドキドキした。拓馬は何も言わなかったが、気づいていたのに言わないのかもしれないと、長い間鞠子はくよくよ考えていた。

そのあと、ふたりを見かけることは何度もあった。ちょうど、鞠子と真一がそうだったように、あの娘と拓馬は同級生で、学校の帰りはたいてい一緒に過ごしているようだった。噂《うわさ》も耳に入ってきた。あれだけきれいな娘だから、学校ではちょっとした有名人らしい。雌鹿《めじか》みたいなやさしい顔立ちで手足がひょろりと長い我が息子は、小学校の頃からバレンタインデーに複数のチョコレートをもらってきたりもしていたのだが、それにしたって高嶺《たかね》の花を手に入れたというところだろう。それでもう、呆《ほう》けたように夢中になってしまったのだろう。

あの娘がどうして拓馬を選んだのかはわからない。運動部のスターをカレシにするよりも意外性があると思ったのかもしれない。それに、言いなりになる男がほしかったのかも。鞠子がそんなふうに意地悪く考えたのは、拓馬の深夜の電話を盗み聞きするようになってからだった。あの娘も拓馬同様、東京の大学を受験したのだが、合格したのは拓馬だけだった。結局あの娘は隣県の短大に進学するらしい。それで別れるのがつらいと、ごねている。あろうことか拓馬に、東京へ行くなと言っている。離れたら終わりになる、あなたは東京で新しいガールフレンドを見つけるに決まってる、東京に行くなら今別れる、と言っている。拓馬の応答で、鞠子はそう察している。そして拓馬は、あの娘より東京を選んだ。当然だ。あんなに一生懸命勉強して志望大学に受かったのだから。

鞠子は必死に瞬《まばた》きした。汗が睫毛《まつげ》を濡《ぬ》らして、前方が見えづらい。顔を拭《ぬぐ》いたいのだがハンドルから両手が離れない。離せないのではなく、指から力が抜けなくて離れないのだ。前方にSAの入口が見えると、鞠子はそちらにハンドルを切った。このままでは事故を起こしてしまう。

「もう休憩?」

不審げに聞く息子に、「ちょっと、トイレ」と言い訳する。駐車場が空《す》いていて助かった。それでもかなり危なっかしく車を停め、ようやくハンドルから手をもぎ取ると、鞠子はものも言わずにトイレに向かった。汗だくの顔を息子に見られたくなかったのだ。きっと嵐の日の窓ガラスみたいな顔になっていると思っていたが、洗面所の鏡で見るとそれほどでもなかった。心理的なものもあるのかもしれない。気持ちの悪さはどうしようもなくて、水でバシャバシャと顔を洗った。ハンカチで拭って口紅だけ引き直す。そうしている間にも、またかあっと火照《ほて》ってきた。車に戻るのが億劫《おっくう》でしょうがない。具合の悪さを隠しながら運転しなければならない東京までの道のりが、途方もなく遠く思える。だが、行かなければならない。拓馬をちゃんと東京へ――あの娘が手出しできないところまで、送り届けなければ。

個室に入って用を足してから表に出ると、飲食店へ続くアプローチの途中に小さな人集《ひとだか》りができていた。いちばん外側に拓馬の姿が見えたので、鞠子もそちらへ近づいた。人々が囲んでいるのは小さな段ボール箱で、中には生まれたてのような仔猫《こねこ》が四匹うごめいていた。

「誰かが捨てていったんですって」

すぐ横にいた同年輩の女性が、待ち構えていたかのように鞠子に説明した。

「車に乗って捨てにきたのよ。ひどいことをするわねえ」

「白のベンツ」

女性の前にいた老人が振り返ってそう言った。

「見たんですか？」

「見たよ。女が箱を置いて、さーっと戻ってった。白のベンツ」

「ナンバーは？」

「そこまでは無理だよ。あっという間のことだったんだから」

「人間のすることじゃないわね。まだ目も開いてないじゃない」

「店の人っていうか、ここの責任者みたいな人に誰か連絡したのかな」

鞠子は拓馬の腕を引っ張った。まるで自分が猫を捨てた張本人であるかのような顔でびくりと息子は振り返った。行くわよ。何か言いかけた息子を制するように鞠子は車に向かって歩き出した。仔猫たちは不憫《ふびん》だし捨てた人間は最低だと鞠子も思うが、だからといってかかわり合っている余裕はない。

車を発進させて本線に戻った。あらためてハンドルをぎゅっと握りしめる。あらたな汗はまだ出てこない。大丈夫、ゆっくり、休み休み行けばそのうち東京に辿《たど》り着くだろう。

「俺も見たんだ」

拓馬が言った。ぼそっとした、小さな呟《つぶや》きだったが、今日車に乗ってから彼がずっと無口だったせいか、その声は妙に響いた。

「見たって?」

「白いベンツ。女の人が箱持って降りてくるところ、見てたんだ。なんかあやしい動きかただったたし、段ボール抱えて降りてくるなんてへんだろ？　だからずっと見てたんだ、あそこに箱を置いて、車に戻るまで。そのあと箱を見に行った、もう何人かが見てた、仔猫だってわかって、車を捜したけど、もういなかった」

拓馬は一気に喋った。小さな子供の頃、その日あったことを両親に一生懸命伝えようとしていたときみたいに。うん、うん。だから鞠子も、そのときそうしていたみたいに頷《うなず》いた。ただあの頃よりは、いくらか面倒くさそうに響いたかもしれない。

「ひどい人がいるもんだよね」

さっきの見物人（？）が口にしたのと同じようなことを鞠子も言った。結局、このような件には、積極的にかかわらないとすればコメントできることはかぎられてくる。

「いや、俺……わかってた」

「何が」

「あれが動物だって、俺、わかってた気がする。箱の中を見る前から」

「わかってたって、どうしようもなかったでしょ」

「わかってたんだから、止められたじゃないか。あの女のひとに、そんなひどいことするなって言えたじゃないか」

「言えないでしょ、あんたには」

苛立ちのままに口に出してしまってから、しまったと鞠子は思った。拓馬の性格上、言えないのは間違いないが、だからといって息子を傷つけていいはずもない。

拓馬は黙り込んでしまった。修復する言葉を鞠子は探した。言ったとしても無駄だった、と答えてやるべきだったのかもしれない。あの手のことをする人間は、十八かそこらの若造に注意されたくらいで考えを変えたりしないだろう。その場は箱を持って退散しても、次のＳＡまで行ってまた同じことをするだろう。最悪、車の窓から箱を放り投げかねない。――そのような理屈を、だが、口から出す気にはなれなかった。具合が悪すぎるのだ。それに拓馬が求めているのは、もっとべつの言葉だろう。

「ねえ」

と拓馬が言った。さっきまでよりもずっと大きな、怒鳴《どな》った、と言ってもいい声だった。次のインターまで二キロという表示を通り過ぎたところだった。

「戻ってよ」

「はあ？　何言ってるの？」

「戻ってくれよ、次のインターで降りて」

「仔猫を引き取りに戻れってこと？」

「ちがうよ。愛果《あいか》の家に行くんだ」

鞠子はゴクリと唾《つば》を飲んだ。硬いものがまた、せり上がってきたのだ。愛果。それはあの娘の名前だった。知っていたけれど、ずっと覚えていないことにしていた。――愛果の家に行くって？

「しっかりしなさい。東京に行くんでしょ。引越しのトラックだってもう向かってるんだよ」

「東京には行くよ。でもその前に愛果と話したいんだ」

「電話で話しなさい」

「電話じゃだめだ、会いたいんだよ。戻ってよ。お母さん、頼む。頼む頼む頼む」

拓馬の声はひび割れていた。泣いているのだとわかって鞠子はショックを受けた。泣くほど戻りたいのか、あの娘——愛果のところへ。

次のインターで鞠子は高速を降りた。そうするとも言わずにそうしたので、拓馬はちょっと驚いたようだった。それから道を指示しはじめた。愛果の家へ行くには、もう一度高速に乗って戻るより、下の道を走ったほうが早い。息子と彼女の交際を知って以来、こっそり調べられることは調べていたから、愛果の家の大まかな場所は鞠子も知っていた。

高速を降りたことで運転には少し余裕が生まれたようだった。その余裕のぶん腹を立てた。最初、怒りは仔猫を捨てた女に向かっていた。拓馬が涙声で怒鳴りはじめたのは、どういう作用かわからないが、あの件がきっかけに違いないからだ。それから怒りは拓馬に向いた。そんなに愛果が好きなのか。愛果のために、こんなに具合が悪い私に来た道を戻らせるのか。

だが車は着々と戻っていた。すでに山道に入っていたが、何度か走ったことがあるエリアだったから運転は高速を走るよりずっと楽だった。そのせいか次第に奇妙な気分になってきた。戻っている。その感覚が、べつの意味で鞠子を捉《とら》えた。さっき不調と緊張のビニール合羽に閉じ込められながら記憶を遡《さかのぼ》っていたときと少し似ていた。今、遡っているものはなんだろう。

ここでいい、と拓馬が言った。田んぼに沿った道だった。田んぼの向こうに、年季の入った平屋がある。広い敷地には最近建て増ししたと思《おぼ》しき、妙にペカペカした洋風の離れがある。この辺りの民家ではよく見かける組み合わせだ。あの離れは愛果の勉強部屋なのかもしれない。今もあの中にいて、せっせと拓馬にラインを送り続けているのかもしれない。拓馬はだっとばかりに車を降りると、田んぼの中の道を駆けていった。あーあ、全速力で走ってるよ。鞠子はそう思い、すると戻っている感覚にまた捉えられた。まるで息子の意識に乗り移られたかのように。そういうことなのか。息子のばかみたいな恋情にあてられて、「青春返り」しているとでもいうのか。

鞠子は車を降りると、息子が走っていった小径《こみち》をゆっくり歩き出した。愛果の家に近づくにつれ、庭先で繰り広げられているまさに青春というか、メロドラマみたいな光景が迫ってきた。泣きじゃくる愛果、その肩に手を置いて、一生懸命何かを訴えている拓馬、抱きしめ合うふたり。

　敷地内には入らずに、鞠子は少し手前で立ち止まり、その様を眺めていた。ぴったりくっつきあっていたふたりがようやく離れたタイミングで、拓馬は母親に見られていることに今更気がつき、慌てた様子になった。

「車で待っててよ。戻るから、絶対。行くから、東京」

「当たり前でしょ」

　鞠子は、そう言い返す。それからふっと思い出した。一瞬迷ったが、「あなた。愛果さん」と呼びかけた。ホットフラッシュの汗ではなくて涙で顔をぐしゃぐしゃにした美少女は、頬《ほお》を打たれでもしたように目を見開く。

「暇なら、東京まで運転してよ。もう免許取ったんでしょ。帰りも運転して帰ってきて。あたしのことは駅まで送って。あたし、電車で帰るから」

　愛果が免許を取ったことを知っているのをあかしてしまった。つまり、盗み聞きを告白したのと同じことだ。まあいい。仕方がない。

「あたし、運転しんどいの。更年期障害がひどいのよ」

　ついでにそれも言ってしまった。ふたりはまだぽかんとした顔をしている。怒鳴りつけたいような、笑い出したいような気持ちが膨らんできて、

「こーうーねーんーきー！」

と鞠子は叫んだ。

「車で待ってるから。話が決まったら来て」

放り投げるようにそう言うと、鞠子はふたりに背中を向けて、車のほうへ歩き出した。

霧雨《きりさめ》のように顔を濡らしている汗（涙ではない）を、ぐいと拭う。このあとどうなるだろう。愛果は運転を買って出るだろうか。運転は怖いからできないけど一緒についていきたい、などと虫のいいことを言い出すかもしれない。まあ、それでもいい。言うべきことは言った、という、奇妙な達成感がある。

どこに乗ればいいかまだわからないから、乗り込まず車に寄りかかって待つことにした。先に立ってやってくるのは、拓馬か、愛果か。それから鞠子は、心の中でずっと「あの娘」としか呼んでいなかった娘が、今ではちゃんと名前を持っていることに気がついた。

顔

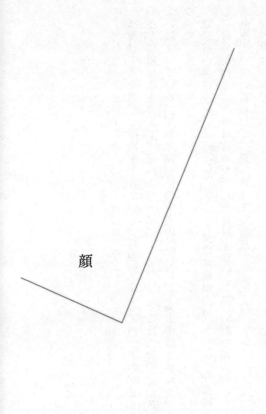

海莉《かいり》はドアを開け、階段を下りていく。母が経営するアパートの、2Kの四世帯のうちのひと部屋に住んでいて、三階から一階に下りれば、そこは二世帯分のスペースが母の住まいになっている。父の死後、母の生活の活計《たつき》として実家が改築されて、そういうことになった。

数日前から母は風邪をひいていて、夕食は海莉が作っていた。今夜は食欲も出てきたし、自分が作る、と母は言った。ただ食材がないから買い物を頼みたい、と。大まかに献立も決まっているらしく、買い物メモが用意してあった。

「マッサージクリーム?」

最後にそれが書いてあった。

「ええ、今使ってるのがなくなりそうだから。何でもいいし、安いのでいいのよ」

母が顔のマッサージなどを定期的にしているらしいことに少し驚きながら、海莉は了解して、買い物に出かけた。梅雨《つゆ》が明けたばかりの午後三時のむわっとした熱気の中を、自転車を漕《こ》いでいく。母が元気ならば徒歩で、ふたりで買い物に行く。近所のひとに会うと、「いつもお揃《そろ》いで」「お嬢さんと一緒で、いいですね」と挨拶《あいさつ》される。でも陰では、もっとべつのことも言われているかもしれない。海莉は三十歳だった。結婚もしておらず、平日の昼間にしょっちゅう母親と買い物に行くような三十歳は世間ではめずらしいだろう。

駅前の百貨店に着くと、地下で食料品を買ってから、一階の化粧品売り場に寄った。安いものでいいのなら、コスメショップで適当なのを見繕《みつくろ》えばよかったが、海莉はふっと有名メーカーのカウンターに向かった。クリームを切らしてすぐに補充したくなるほどマッサージが好きなのなら、たまにはちょっと上等なものを、自分のお金で買ってあげようと思ったのだ。それにカウンターの向こうからこちらを見ている完璧なメイクアップの女たちの顔は、どれもなんとなく感じが悪かった――海莉に向かって、うちはあなたみたいなひとには無縁の店よね、と暗に言い立てているようで。美容などというものに今までずっと興味がなかったから、カウンターで化粧品を買うのはたしかにはじめてだったけれど、そんなのは簡単なことだ、と自分自身に証明したかったのかもしれない。

「マッサージクリームがほしいんですけど」

で、カウンターの店員に向かって、海莉はそう言った。「母親用の」というのは、言えばなんだか子供のお使いみたいに思われそうで（実際のところそうに違いなかったが）言わなかった。マッサージクリームならば、年齢によってそれほど細分化されていることもないだろう。

ところが実際には、そのメーカーの中にいくつものブランドがあって、ブランドごとにマッサージクリームがあり、そのうえ各ブランドに一種類ずつではなかったりしたから、まさに細分化の極《きわ》みだった。罠《わな》にはまったような気分で、海莉は自分のこととして店員の質問に答えた。マッサージは毎日？　ええと、週に一回くらいかしら。お風呂でなさいますか？　ええ、まあ、そうですね。今現在、肌のお悩みはありますか？

「どうでしょう……乾燥とかかしら、皮膚が薄いみたいなので」

母親がときどきそう言っていたのを覚えていたので、海莉がそう答えると、店員――メイクの厚いヴェールをはがしてみれば、海莉よりもずっと年下かもしれない――は、許可を得たとでもいうように海莉の顔をジロジロ見た。

「……そうですね、水分が足りないと、ごわつきの原因になりますから。目の下はとくに皮膚が薄いので、乾燥しやすいんです。そのポツポツも、水分不足のせいですね」

「ポツポツ？」

「よろしければお鏡、ごらんになりますか？」

おかしな物言いで、店員はスタンド式の鏡を海莉のほうへ向けた。自分の顔のアップが突然迫ってきてぎょっとする。鏡が拡大鏡になっているのか、それとも自分の顔を久しぶりにまともに見るせいだろうか。日常的に、鏡をまったく見ないということはないけれど、覗《のぞ》き込んで念入りに化粧をするような機会もない。鏡に向かうのは、髪の乱れを直して日焼け止めを塗る程度の間だけだった。言われてみればたしかに両目の下に、小さなイボのようなものがいくつかできていた。

食料品を入れたレジ袋とともに、化粧品メーカーの紙袋を提げて海莉は母の住居に戻った。

「いろいろ買わされちゃった」

食料品を冷蔵庫に入れたあと、化粧品を取り出して見せた。マッサージクリームのほかに、美白シリーズの化粧水とクリーム、アイクリームとパックも買ってしまった。

「こんな高いの買ってきたの？　お金、足りた？」

「化粧品は私のカードで払ったから」

「マッサージクリームのぶんは払うわよ」

「いいよ。それに、ほかの化粧品も使って。ここの洗面所に置いておくから」

「今持ってるのがあるから、いいわ」

母親はどことなく薄気味悪そうに海莉が並べた化粧品を見下ろした。違和感は化粧品にというより、娘が突然スキンケアに興味を持ちはじめたことに対するものかもしれない。でも母親は、それ以上この件には触れなかった。自分がそろそろ「腫《は》れ物」になりつつあることを海莉は感じている。

いずれにしても、化粧品は母親の住居の洗面所に置いた。海莉はほとんど毎日ここで母親とともに夕食を食べ、そのついでに風呂にも入って、三階に戻るからだ。別世帯ではあるが、実質的には母親と暮らしているようなものだった。

その夜、浴室で顔を洗うと、目の下のポツポツが指に触れた。今日突然に出現したわけでもあるまいに、どうして今まで気がつかなかったのだろう。でも、気がついたところで、どうしようもなかったかもしれないが。今日の店員はあれもこれもと勧めたが、結局のところ効能としては「使い続けるうちに、お肌の調子が整ってくると思いますよ」という以上のことは言わなかった。

風呂から上がって下着姿で鏡を覗き、新しい化粧水を顔にはたいた。つける化粧品がこれまでと変わっただけで、やっていることはいつもと同じなのに、鏡を見るたびにぎょっとなる。ポツポツは顔の真ん中で目立っている。目立っているからこそ、カウンターの店員だってすぐに見つけたのだ。初対面のひとはみんな「ああポツポツがあるな」と私のことを見るだろう。

母親におやすみを言って自分の部屋に戻ってからも、海莉は鏡を見ていた。その結果、目の下のポツポツだけではなくて、頰《ほお》の外側には細かな雀斑《そばかす》みたいな薄いシミがいくつかできていることに気がついた。こんなことになっているなんて。おそろしいのは、これは結果ではなく過程であるとしか思えないことだった。これからどんどんひどい有様になっていくのではないか。パソコンに向かい、「目の下のポツポツ」や「シミ」で検索をかけた。できてしまったらどうしたらいいか。これ以上増やさないためにはどうしたらいいか。無数のコスメサイト、そこにリンクが張られている体験談、化粧品のレビューサイトなどを、しらみつぶしに読んだ。同じ商品でも、「翌日から効果を実感した」というひともいれば、「一本使い切ったけどなんの変化もありませんでした」というひともいた。誰もかれもが絶賛していて、これは効果がありそうだと思ったとたんに、「レビューを書いているひとたちは間違いなくみんなサクラです！」と割り込んでくるレビュアーがあらわれる。ようするに、決定的な情報は見つからなかった。毛を増やす薬とか、風邪の特効薬みたいなものだ。それがわかっても、リンクをクリックするのをやめられなかった。麻薬中毒になったみたいだった。

玄関の鍵をまわす音がして、海莉はハッと顔を上げた。もうそんな時間になっていたのか。急いでパソコンを終了し、部屋の電気を消して、ベッドに入って寝たふりをした。

杜生《もりお》はいつものように無言で入ってきた。ゴルチエの大きなナイロン製の鞄《かばん》を床に置く音がして、はあっという溜息《ためいき》が聞こえる。それから、狭いキッチンに置いたテーブルセットの、椅子《いす》を引く音。きっと途中で買ってきたペットボトルのスポーツドリンクか何かを飲んでいるのだろう。

杜生は海莉より六歳下の二十四歳で、新卒で入った声優事務所でマネージャー見習いのようなことをしている。彼からナンパされて付き合うようになり、彼の就職のタイミングと、実家がアパートに改築されたタイミングがほぼ同時だったので、ひとりになった母が心配だからという名目で、この部屋で同棲《どうせい》している。

しばらくしてから、杜生が部屋に入ってきた。服を脱ぐ音、それを作り付けのクローゼットにかける音。杜生はいつも先鋭的なブランドの服を鎧《よろい》のように身につけていて、それらの服を完璧にメンテナンスしている。それがすむとようやくベッドに入ってきた。合板フローリングの六畳間に置いた無印良品のセミダブルベッドで、ふたりは一緒に眠る。ここに移ってきた一年前くらいから、セックスはまったくしなくなったけれど。

海莉の背中に向かい合うかたちで、杜生は横たわったけれど、体のどの部分にも触れないだけの距離を保っていた。その距離が何か酸性の液体のように体の中に染《し》み込んでくる感じがするのもいつものことだった。そのうえ今夜はまったく眠れそうになかったけれど、必死で眠ったふりをしながら、海莉はふと思った——さっきパソコンを見ていたときには部屋の電気をつけていたのだから、帰ってきた杜生は窓の灯《あか》りに気がついたはずだ。私が眠れずにいることを知ったはずだ。でも彼は、いつも通りに黙って部屋に入ってきた。「まだ起きてたの？」とも聞かなかった。

杜生の寝息が聞こえてきた。ふりではない、安らかな寝息だった。

翌朝、杜生は七時過ぎに出かけていった。帰ってくるのが毎日午前一時二時なのに、毎日朝早く出勤する。体が保《も》たないのではないかと海莉は思うが、本人が愚痴も泣き言も言わないので海莉も言わない。

朝は海莉も同じ時間に起床して、コーヒーを淹《い》れてやり一緒に飲む。そうでもしないと、平日は一日中顔を合わせないことになってしまうからだ。杜生はシャワーを浴び、数種類のスタイリング剤を駆使《くし》して念入りに髪を整え、複雑なデザインの服を身につけると、残りの五分でコーヒーを飲み、「じゃあ、行ってくるね」と椅子から立つ。「昨日、起きてたみたいだね」というようなことは、やっぱり何も言われなかった。どのみち五分間では、会話と言えるようなものはできない。玄関で軽く唇を合わせる——これは一緒に暮らすようになってからの習慣で、やめるより続けるほうが波風が立たないので、続けている。

ひとりになると、海莉はベッドに戻った。朝までほとんど眠れなかったのだが、杜生が出かけてしまうと、三時間ほど熟睡できた。起きると十時過ぎで、あらためてコーヒーを淹れ、シリアルをぼそぼそと食べた。それからパソコンに向かった。

コスメサイトを検索するためではない。小説を書くためだ。海莉は小説家だった。少なくとも、そう呼ばれたことが何度かあった。雑誌の新人賞をとってプロデビューしたのは二十六歳のときだ。父親が小説家だったから、二世作家とか言われて少しばかり話題になった。でも、そのときの一作しか活字になっていない。いくつか書いたが、どれもボツになった。賞をもらった一作は本になるには短すぎて、それに出版社のほうにも、海莉の小説を本にするメリットは今のところ何もないのだろう、単行本はこれまでに一冊も刊行されていない。

ボツにされ続けているうちに、海莉は自分がどう小説を書けばいいのかさっぱりわからなくなっていた。何を書けばいいのか、何を書きたいのかもよくわからない。小説を書くようになったのは、それ以外に自分ができることはないと思えたからだが、今では本当にそうなのか疑問に思っている——つまり、自分には小説が書けるのだろうか、と。それでもまだ、海莉に小説を依頼してくれている編集者がいるから、なんとか期待に応《こた》えたくて、四苦八苦している。

締め切りはとうに過ぎても、もう催促の電話もかかってこなくなった小説は、読み返すたびに、もう一度最初からまったくべつの書きかたで書き直したくなった。そのうえ読み返すのが苦痛だった。ちっとも面白いと思えないからだ。それで、海莉は三十分も経たないうちに小説のファイルから離れて、またしてもスキンケアのネットサーフィンをしたのちに、気がつくと鏡の前に座り込んでいた。

あいかわらずポツポツはある。一過性のものなどではないのだ。増えているようにも見える。それがあることを認識してから、自分の顔が薄汚れたように見える。以前はよく、肌がきれいだと言われていた。女性からは羨《うらや》ましそうに、男性からは褒《ほ》め言葉として。そんなに昔のことではない。というか、いつから言われなくなっていたのだろう？　一年前？　二年前？

そもそも、最近はひとに会う機会がほとんどなかった。大学を卒業してからしばらくは、父親のコネで出版社でアルバイトして、そのあとはフリーライターになってそこそこのお金を稼いでいた。小説で新人賞をとり、それでフリーライターをやめたわけでもなかったのだけれど、取材の段取りやインタビューでの対応が、海莉はそれほど得意というわけでもなくて、小説にかまけて仕事を入れずにいたら、依頼も少なくなっていった。この部屋の家賃は杜生が払ってくれているし――ときどき払っていない月もあるようだが、母親は何も言わないし、海莉もそのことを彼に問いただせない――、海莉は今や杜生というよりは母親と一緒に暮らしている状態で、お金の面でもほとんど彼女に寄生しているから、小説がものにならなくても食うに困るということはない。それでライター業を再開したり、アルバイトを探したりする気にもならず、外出といえば駅前に買い物に行くくらいだから、普段会うのは母親と杜生と、たまに鷲谷《わしたに》くらいのものなのだった。

どうしてこうなってしまったのだろう？

鏡の中の自分に、それが自分ではない誰かであるかのように、海莉は問いかける。どうして誰からも肌がきれいだと言われなくなってしまったのだろう？　どうしてデビューしてから何年も経つのに、本が一冊も出せないのだろう？　どうしてボツになるような小説しか書けないのだろう？　どうして小説を書くことが苦痛なのだろう？　どうして家の中ばかりにいるようになってしまったのだろう？　どうして何もできないのだろう？　いつからか、じわじわとそうなった。気づいたときにはどうしようもなくなっていた。

十年前はこんなじゃなかった。でも十年なんてあっという間だった。次の十年もきっとすぐに経つのだろう。十年後はどうなっているだろうか。このままだろうか。もっと悪くなっているだろうか。少なくとも目の下のポツポツは、何も手当てしなければ、顔中に広がっているだろう。

そうこうしているうちに昼になり、下りていって母親が作った素麺《そうめん》を食べ、また部屋に戻って鏡を見たり検索したりしていたら、日が傾いていった。そんなふうにして一日は過ぎる。目の下のポツポツ問題が浮上する以前にしても、小説を書いている——すくなくとも書こうとしている——時間よりも、どうでもいいことをしている時間のほうが長かった。雑誌を読んだり本棚の整理をしたり昔の写真を眺めたり、枝毛を切ったり昼寝をしたりしていれば一日は過ぎる。あっという間に過ぎていく気がしたが、同時に、いつまで経っても終わらない一日を必死で潰《つぶ》しているような感覚もあった。

めったに鳴らない携帯電話が、午後五時過ぎに鳴った。鷲谷からで、知人の通夜に列席するために東京へ行くから、八時頃に渋谷《しぶや》で会わないかという。もちろん海莉は行くと答えた。いつだって鷲谷からの電話を待っているのだから。まず、母親に電話をかけて、今夜の夕食はいらないと言った。その理由を母親はいつものように聞かなかった。もちろん鷲谷のことは知らない。だが何か、聞かないほうがいい理由で海莉が出かけていくことはわかっているのだろう。

それから海莉は身支度をした。鏡の前で取っ替え引っ替え着ていくものを考えるのも、念入りに化粧をするのも鷲谷に会うときだけだった。ファンデーションを塗っても目の下のポツポツは隠れなかった。私はちっともきれいじゃない、もう若くもない、と海莉は思う。きっと鷲谷は私より先に、そのことに気づいていたのだ。だから出会った頃よりもやさしくなくなったのだろう。

トラベルライターとしてそこそこ有名である鷲谷とは、海莉がフリーライターとしてまだいくらか仕事を受けていた頃に知り合い、間もなく男女の仲になった。鷲谷には家庭があったし、住まいは千葉だったが、最初の頃はそれらはなんの障害にもならなかった。鷲谷が海莉に夢中だったせいだ。小説家を父親に持ち、自らも小説で新人賞をとったばかりの娘というのは、ちょっと手に入れてみたくなるものなのだろう。でもそれから父親が死に、海莉が小説家として名前を知られるようになる気配がさっぱり感じられなくなると、鷲谷の熱意はみるみる失《う》せて、ふたりの関係はあっさり逆転してしまった。

渋谷で会うときにはいつも利用するダイニングバーで、鷲谷は待っていた。海莉が店に着いたのは約束した八時より前だったのに、遅かったなと、鷲谷はすでに不機嫌そうだった。たぶん通夜の会場を出たのが予定よりも早かったのだろう。そのくせ、通夜振る舞いで食べてきたからと、自分はアルコールしか頼まなかった。海莉は夕食がまだで空腹だったし、食事を楽しみたかったけれど、好きなものをオーダーしにくい雰囲気だった。結局、チーズや生ハムでビールとワインを一杯ずつ飲んで、三十分足らずでそこを出た。会計は最近いつもそうであるようにワリカンだったが、「君が食わなければもう少し安かったな」と鷲谷は言った。ダイニングバーをさっさと切り上げたことについて「今日はあまり時間がないんだ」とも言ったが、そのあとはいつものように円山町《まるやまちょう》のラブホテルへ行った。

ようするに鷲谷は、すくなくとも現在の海莉にとっては、ケチで身勝手で、良くない男だった。鷲谷がそのような男であるとわかりはじめた頃に、海莉は杜生と知り合った。杜生もやっぱり、鷲谷と同じような理由で海莉を手に入れたいような気持ちになったのだろう。海莉が杜生と付き合うことにしたのは、杜生がいればもう鷲谷は必要なくなるだろうと考えたからだった。でもそうはならなかった。杜生と一緒に暮らしはじめてからも、海莉にはあいかわらず鷲谷が必要だった。結局のところ何人いても足りないのかもしれない。それが男ではなく自分の問題であることくらいは海莉にもわかっている。そういう女だから、男たちはあっという間に私に飽きるのだ。

鷲谷がまだときどきは海莉に連絡してくるのは、海莉には飽きても、自分より十五歳若い女とのセックスにはまだ多少の関心があるからだと思われた。そうして、杜生が年上の女とのセックスに早々に興味を失ったらしい今、鷲谷とのそれは海莉にとって大事なものだった。なぜならセックスの最中は、男の関心は海莉だけに向くからだ。自分がまだ誰かに必要とされている気持ちになれるから。

ラブホテルを出たのは十一時前だった。駅までを鷲谷は無言で、早足で歩いた。「それじゃ」と駅構内で、さっさと自分の乗り場のほうへ歩いていく。以前はホテルを出た後にはバーへ寄り、「ホテルのあとすぐさよならっていうのは下品だよね」などと言っていたが、忘れることにしたようだ。

海莉は駅からアパートまでの帰り道でコンビニに寄った。そうして長い時間をかけて立ち読みして、コスメの専門雑誌を買った。

久しぶりに鷲谷以外からの電話がかかってくる。

文芸誌の編集者からで、海莉の小説について、話をしたいと言う。その小説は半年ほど前に書き上げて、当時の担当編集者に渡したものだった。返事がないまま、異動があってその編集者はほかの部署へ行き、新担当となったひとから挨拶のメールが一通届いたまま、それきりになっていた。とっくにゴミとして捨てられているのだろうと思っていた小説だった。連絡をよこしたのは新担当者だった。

だから海莉は、いくらかの期待とともに出かけた。わざわざ連絡をくれたということは、掲載の可能性が少しでもあるということだと思えたからだ。化粧をして、着るものを選んで、先方に言われた通り、出版社まで出かけていった。ロビーの片隅に衝立《ついたて》で区切られた「談話室」というところで待っていると、空色のカッターシャツにチノパン姿という、海莉と同い年くらいの男があらわれて、新担当者としてあらためて自己紹介した。

長い間ご連絡せずすみません、と男は、あまりすまなさそうには見えない様子で言った。茶封筒から取り出してテーブルの上に置いたのは海莉の原稿で、それは八十枚足らずの中編だったが、ほとんど全ページではないかと思われるくらい、無数の付箋《ふせん》が貼られていた。

「すごいですね、付箋」

と海莉は愛想《あいそ》笑いとともに言った。ちゃんと読んでくれたのだという嬉《うれ》しさとともに、ちょっと異様ではないかとも感じた。新担当者は曖昧《あいまい》な笑いを返した。

「率直に申し上げて、これはきびしいと思います」

そこにいたのは四十分ほどだった。ほとんど新担当者が喋《しゃべ》っていた。「何を書きたいのかが伝わってこない」「独りよがりが鼻につく」「主人公の屈託《くったく》にまったく共感できない」

などと彼は海莉の小説を評し、そのたびに「うちの雑誌に掲載できるレベルではないですね」と言った。これまで他社やほかの雑誌でボツになったときと似ているようで違うのは、彼が否定しているのは小説というより小説家としての海莉そのものであるように感じられたことだった。

これまでであれば、ボツになるまでに原稿を修正する機会が何度か与えられた。その結果、最終的に先方から連絡が来なくなったり、海莉のほうがそれ以上その小説を書き続ける気力をなくしたりというパターンだった。今回、新担当者は書き直しを望んでいなかった。言葉は選んでいたが、もう海莉との関係を打ち切ろうとしているのはあきらかだった。

返してもらった付箋だらけの原稿をバッグに入れて、海莉は帰路の電車に乗った。なんとなく鷲谷に呼び出されてセックスして帰るときに似ていると思った。もしかしたらそのときよりも傷つき、ひどいショックを受けていたが、心の一部の回路を閉ざしてそのことを認めないようにしていた。新宿《しんじゅく》で乗り換えるときに駅を出てデパートに入った。化粧品の有名ブランドのカウンターがずらっと並ぶ中を歩いていき、この前、雑誌で新しい美容液が紹介されていたメーカーのカウンターに近づいていった。

その美容液の名前を言うと、店員は満面の笑みで応対してくれた。どうぞ、こちらにお掛けになってくださいと、例によって鏡の中の自分と対峙《たいじ》させられた。きれいなお肌ですねとは言ってもらえなかったけれど、店員はやさしかった。ファンデーションも買おうかしらと言ってみたら、ケープをかけてそれまでしていた化粧を落として、新しいファンデーションとアイシャドウと口紅で、フルメイクしてくれた。

その顔は奇妙に見えた。けれどもそれは今までこんなふうに完璧に化粧したことがないせいかもしれない。目の下のポツポツはあいかわらずだったが、全体的な違和感に紛《まぎ》れていた。少し前に、もう小説家になるのはあきらめたほうがいいのではありませんかと、暗に言われた自分と、今の自分はべつの人間になったようにも思えた。

海莉は美容液とファンデーションとアイシャドウと口紅を、クレジットカードで買った。銀行残高からすると、もしかしたら引き落とせないかもしれないくらいの金額になったが、その問題は後で考えることにした。その顔のまま海莉は家に戻った。母と夕食を食べるときにも化粧は落とさなかった。

「どうしたの、その顔?」

まるで海莉が顔に怪我《けが》でもしたかのように、母親は眉《まゆ》をひそめた。

「なんだかこの頃、肌が衰えちゃって」

海莉は答えにならない答えを返した。

「何言っているの、若いのに。じゅうぶんきれいよ」

「若くないわよ」

海莉がぶっきらぼうに言うと母親は目を伏せた。

「お母さん」

「はい？」

「名前を貸してくれる？　化粧品のサンプル、ひとり一セット無料で送ってもらえるの。お母さんの名前でも応募したいの」

母親は顔を上げて海莉を見た。何か言おうとしてやめて、「いいわよ」と頷《うなず》いた。

入浴して化粧は落としたが、部屋に戻ってから新しいファンデーションをまた顔に塗った。

自分の手を使えばさっきよりも自然な感じになるのではないかと思ったし、その夜も眠れなかったからだ。

眉も描き、アイシャドウを塗りマスカラも施《ほどこ》し、口紅も塗った。鏡に映ったその顔を眺めていたら、携帯電話が鳴り出した。きっと鷲谷だ。この前、ほんの短い間で別れたことを気にして、かけてきてくれたのかもしれない。

胸が苦しくなるほど期待をしたが、かけてきたのは杜生だった。傘を持ってないから、コンビニまで迎えに来てくれと言う。そういえばさっきから雨音が聞こえていた。あらためて窓の外に意識を向けると、滝のような雨が降っていた。駅に着いたときには小雨《こさめ》だったから歩いてきたが、突然、豪雨になったのだという。

「どうせもう濡《ぬ》れてるんでしょう？　あと五分くらい、走ってきたら」

杜生のために濡れたくなかったから海莉はそう言った。杜生がもっと粘《ねば》れば傘を持って行くつもりだったが、杜生はあっさり「わかったよ」と言って電話を切った。

海莉は再び鏡を眺めることに戻ったけれど、どうにも落ち着かなくなった。さっきまで気づかなかったのが信じられないほど、雨は勢いを増していた。たしかに走れば五分で帰れる。でも、めずらしく杜生が助けを求めてきたのに、断るというのはひどすぎやしないか。セックスしなくても、一緒に過ごすことがほとんどなくても、まだ別れ話は出ていない。どんなに遅くなっても、大雨の中でも、杜生はこの家に、私のところへ帰ってきてくれるのだ。

海莉は傘を持って部屋から出た。自分が差す傘しか持ってきていないことに気がついたが、帰りはこの傘にふたりで入ればいいと思った。午前一時のひと気のない道を小走りに駅のほうへ向かううち、雨脚は少し弱まったようだった。これで杜生に会ったときに止《や》んでいたりしたら笑い話だ。でも彼は、私がやっぱり迎えに来たことを嬉しく思うだろう。コンビニから洩《も》れる灯りの中に、杜生が立っているのが見えた。雨宿りしているのだろう。近づくと、彼が電話をかけていることに気がついた。やさしい顔で笑っている。海莉が気づいたのに少し遅れて、杜生も海莉に気がついた。その表情で、わかってしまった。女にかけていたのだと。杜生にも恋人がいるのだ。杜生にはと言ったほうがいいのかもしれないが。いるとわかってしまえば、それは当然のことに思えた。私のような女と一緒に暮らしていて、外に恋人がいなければとうてい保《も》つものではないだろう。

「迎えが来たから」

と杜生は言って電話を切ったが、その言いかたでも、いろんなことが海莉には察せられた。相手の女は私の存在を知っているのだろう。小説を書いているがいっこうにものにならないことも、目の下にポツポツがあることも、大雨なのに迎えに行くのを断ったことも知っているのだろう。そして杜生とふたりでときどき笑ったり呆《あき》れたりしているのだろう。

「来るなら来るって言ってくれなきゃ」

杜生は冗談めかして言ったが、同時に、電話のことを開き直っているようでもあった。濡れそぼっているのにあんなに愉《たの》しげに電話していたということは、私とは近々別れるという約束をしているのかもしれない。

差してきた傘を、海莉は黙って杜生に渡した。弱まってきたとはいっても雨はまだシトシト降っていて、その中をひとりで先に立って歩き出した。なんだよ、入っていけばいいだろ、待ってよ。杜生が追いかけてくる。

「泣いてんの?」

驚いたように杜生は言った。海莉が両手で顔を覆《おお》ったせいだろう。海莉は首を振った。本当に、泣いてなどいなかった。雨水で化粧を落としただけだった。

約束

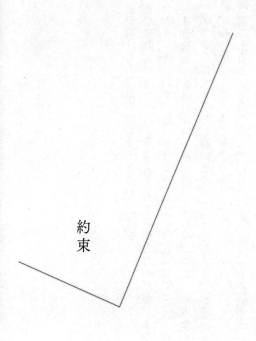

週が明けると、世界がちょっと変わっていた。

まだ筋肉痛が残っている足でのろのろ登校したのだが、その朝はやたら声をかけられた。よう、篤《あつし》。おす、篤。おはよう石坂《いしざか》くん。校門のところで校則違反者をチェックしている体育教師の菅野《かんの》は逆に、篤を呼び止めなかった。普段なら絶対にすんなりとは通さず、学ランの襟元《えりもと》がだらしないとかポケットに手を突っ込んで歩くなとか難癖《なんくせ》をつけた挙《あげ》句《く》に、鞄《かばん》の中身を調べることまであったのに。

教室に入るといつもつるんでいる玲二《れいじ》が、ヒューと口笛を吹いて拍手した。淳《じゅん》や将生《まさき》がそれに続き、さらにクラス内のほかのやつらも、男も女も、拍手で篤を迎えた。篤はおどけた顔でシャドーボクシングの真似《まね》をして応《こた》えた——どうしていいかわからなかったのだ。拍手が一段と大きくなったので、首をすくめてそそくさと自分の席についた。

先週末の体育祭で、篤はクラス対抗リレーの最後から二番目の走者だった。選ばれてそうなったわけではなく、中一のときに選手にならなかった者が二年次に自動的に選手になる決まりだからだ。そのうえ体育祭当日、アンカーを務めるはずだったやつが鯖《さば》にあたったとか何とかで来られなくなって、体力測定の五十メートル走のタイムを誰かが見つけてきたせいで、篤がアンカーということになってしまった。篤としては、かったりーなという感想しかなかったのだが、走り出したら無性に勝ちたくなって、血管が切れそうなほど全力で走って三人抜いて、一位でゴールした。不良でバカだが運動神経だけはいい。そんなやつだとこれまで思われていたわけだが、クラスのためにあんなふうにがんばったというのは意外で、新鮮だったらしい。それで周囲の見る目も扱いも少し変わったということらしい。

この事態は篤自身にとってはとくに嬉《うれ》しいことでもなかった。リレーで抜いたのは抜けそうだと思ったからで、抜きたかったのはクラスのためではなく自分のためだった。玲二や淳や将生とともに、クラスの別枠にいるやつらだと見なされていることが自分たちの存在意義だと考えてきたから、拍手や親しげな微笑《ほほえ》みを向けられると、自分の何かが損なわれるような感じもした。

「……じゃあ次の問題は、今日はめずらしくまだ起きてる石坂にやってもらおうかな」

二時間目の英語で、嫌味な教師にそう言って指名された。たしかにいつもの篤なら一時間目だろうが二時間目だろうが、寝ているか寝ているのに近い状態で授業が終わるのを待っている。だが今日は目をぱっちり開けて黒板を見ていた。と言ってもそこに書かれている英文を読んでいたわけでも、教師の話を聞いていたわけでもなくて、俺って何なんだろう、という哲学的な、ふいに浮かんできた疑問の答えを、たまたま黒板の上の辺りに探していたのだった。

「わかりません」

ゆらりと立ち上がって、正直にそう言った。たいていはいつも、問題すら聞いていないから、この答えになる。意地の悪い教師や教師の機嫌によっては、そのまましばらく立たされることにもなるが、べつにかまわない。

「これくらいの英訳はできないと恥ずかしいぞ、いくら足が速くても」

クスクス笑いが起きる。立っていろと言われなかったから篤は座った。まあこんなもんだ、と自分に言う。これが疑問の答えだと思った。

十一月のはじめで、校内に暖房はまだついていない。昼休み、陽が当たって暖かい窓際の、将生の席の周りに篤たちは集まる。

少し喋《しゃべ》って、校庭へボールを蹴りに行くこともあるが、この頃はたいていそのままずっと喋っている。というか、将生の話を聞いている。将生は夏に彼女ができた。渋谷《しぶや》のライブイベントで知り合った隣市の中学三年のその女と、もうすぐセックスできそうな感じらしい。それで、寄ると触るとその話になっている。四人ともまだそれはしたことがない。篤に至っては、これまで彼女というものとは無縁だったから、キスの経験もない。

「やりかたわかってんの？　おまえ」

おっぱいを触ったことまではあるらしい玲二（といっても小四のときらしい）が、バカにしたように将生に聞く。

「場所はもう確認したから」

なんでもないことのように将生は言う。

「マジ？　確認したのかよ？　どうやって？」

淳が意気込む。

「手で」

「マジ？」

「濡《ぬ》れてた？」

篤も参戦した。女のあそこが「濡れる」ことも、ときに「ビチョビチョになる」ことも知識として知っているが、今ひとつイメージがわかない。

「湿ってたかなあ……パンツの上からだったし」

「パンツの上？」

「パンツの上からでも場所わかんの？」

だんだん話がリアルになって、篤は股間《こかん》がむずむずしてきた。気をそらすために意味もなく教室を見渡すと、こちらを見ている女子と目が合った。同じクラスの小川皐月《おがわさつき》だ。クラスの女子の中でいちばん背が高くて、たぶんいちばん勉強ができて、でもたいして可愛《かわい》くはない女だ。

その皐月がつかつかと近づいてきて「石坂くん、ちょっといい？」と篤に言った。え、何？　何となく腰が引けてしまい、動けずにいると、「いいから来て」と皐月は声を強くした。仕方なくその後を追って歩き出すと、ようやくそうすることを思い出したかのように、ヒューヒュー、という頼りない囃《はや》し声が背後で上がった。

皐月が篤を連れていったのは教室のいちばん後ろの彼女の席だった。ここでできる話なら「告白」などではないだろう——告白されたって嬉しくない相手だが。「なんだよ？」と篤は、将生たちにも聞こえるように、苛立《いらだ》った声を出した。そのときまでは、教室内でエッチな話をするなとか何とか、女子を代表して文句を言われるのだと思っていた。

「もうすぐ生徒会の選挙があるのは知ってるよね？」

実際、篤を職員室に呼び出した女教師みたいに、皐月は自分だけ椅子《いす》に座って、そう言った。

「あ？　知ってるけど」

「石坂くん、生徒会長に立候補してくれない？」

「はあ？」

皐月もべつに声を潜《ひそ》めず、はきはきとそう言ったので、その発言は将生たちの耳にも届いただろう。篤は思わず振り返った。さっき同様に一拍遅れて、みんな——仲間たちだけでなく、そのとき教室にいた者たちのほとんど——が、ゲラゲラ笑った。

生徒会長には、この中学の一年生と二年生なら誰でも立候補できるのよ。それは知ってるわよね？　と小川皐月は言った。

でもそれは建前なのよ。建前、意味わかる？　そういうことになってるけど、実際は、先生たちが立候補者を選ぶの。まず今期の副会長か書記のひとのどちらかが立候補するでしょう、そのほかにひとりかふたり。おまえ立候補してみないかって、先生が声をかけるのよ、どうしてかわかる？　自分たちに都合のいい生徒会にするためよ。学校に都合の悪い活動をしない、反抗なんかしない、先生たちの言いなりになる生徒会長がほしいのよ。

それで立候補者を調節するわけ。たとえば現副会長を当選させたかったら、ぜったいに負けるようなひとを対抗馬として立候補させたりする。副会長や書記のひとが気にくわない場合は、立候補しないように釘を刺したりもするらしいよ。立候補してもお前はどうせ落選するとかなんとか。かわりに、生徒会以外から立候補者を探してくるのよ。今回がそうで、先生たちの本命は三組の南本君《みなみもと》らしいわ。知ってるよね、南本君？　いかにも先生たちが気に入りそうな子でしょう？　わかる？　生徒会は生徒の自主的運営だとか言ってるけど、大嘘《おおうそ》なのよ。

　そこまで具体的ではないにせよ、そういう話はぼんやりと篤も知っていた。だが怒りや失望を覚えたことはない。そもそも関心がなかった。自分には無関係な世界のことだと思っていたからだ。宇宙とか四次元とか、パラレルワールドみたいなものだ。だが小川皐月は、その篤に、生徒会長に立候補しろという。先週のリレーで三人抜きした快挙を活用しろと言うのだった。

「石坂くんが立候補すれば、まず、みんなの関心が選挙に向くでしょう？　どうせ自分には関係ないやって思ってるひとたちを振り向かせるの。それが大事なことなのよ。そしてね、今、石坂くんを応援するひとは、多いと思うわ。当選はしないかもしれないけど、票は割れる。それはね、先生たちの思い通りの選挙にはならないということなのよ。あたしたち生徒の意思を示すってことなのよ。どう？　やる意味があると思わない？」

　教科書みたいだ、と篤は思った。授業中、皐月が教師に当てられて国語や英語の教科書を読んでいるのを、ぼんやり聞いているときみたいに、篤は彼女の弁舌《べんぜつ》を聞いていた。そもそもこれまで、皐月の声というのは授業中の朗読のときしか篤は聞いたことがなかった。実際のところ彼女は、教室内のべつの宇宙もしくは異次元に生息している女だったのだ。その教科書の声が、教科書ではなく篤について語っているというのが、新鮮と言えば新鮮だった。だがそれだけのことだった。

「ぜってー、いやだ」

　それが篤の返事だった。教室中に響き渡るように大声を出してやった。今度は間を置かずに、将生たちがゲラゲラ笑った。皐月はむっとしたように篤を見た。少し離れ気味の大きな目がじっと篤の顔を見据えて、さっきまで活発に動いていた唇が一文字に結ばれた。唇は小さくてぽってりしていて、リップクリームを塗っているのかツヤツヤしていた。篤たちと親しく言葉を交わすような女子はたいていどぎつい色がついたリップクリーム――篤には口紅にしか見えないが、彼女たちはリップクリームだと言い張っている――で唇をてからせているが、皐月のはたぶんそうじゃなかったのだろう。唇は生《き》のままの薄い色で、それが逆に生々しかった。

むっとしてたっていうか、悲しそうな顔だったかもしれないな。家に帰ってあらためてそのときのことを思い出すと、そんな気がしてきた。声同様に、小川皐月の顔をちゃんと見たことは今日までなかった。あんな顔だったんだな、と篤は思う。じっと睨《にら》みつけられていたせいか、今日の顔の印象が強すぎて、今までどんな顔だと認識していたのか忘れてしまった。あんなふうに拒絶したのはちょっとかわいそうだったかもしれない。といって、生徒会長に立候補する気なんかさらさらないしあるわけもない。だいたい、当選しないとわかってるのに、「生徒の意思を示すため」だかなんだかのために恥をかくなんてまっぴらだ。

気配を感じて、篤はベッドの上をそっと転がり、壁際に密着した。ふたつ上の兄の保《たもつ》が、今夜も女を引っ張り込んでいる。どういう女なのか、まともに会ったことがないから年齢も素性《すじよう》もわからないのだが、ときどき夜遅くに、兄の部屋に窓から忍び込んでくる。ふたりは夜通しセックスして、夜が明ける前に兄が自転車で女を送って、朝食までに戻ってくる。ようするにその夜は兄も女もほとんど眠らないわけで、よくやるよと篤は思っているが、自分自身も兄たちの行為が終わるまで耳をそばだてているわけだから、似たようなものだ。

ふたりの話し声が聞こえてくる。声を潜めて喋っているから、言葉ではなく音として届く。低い兄の声、聞こえるか聞こえないかくらいの女の声、でもクスクス笑いは聞こえる、それからベッドが軋《きし》む音。

話し声はぼんやりとしか聞こえないのに、兄と女の息遣《づか》いや溜息《ためいき》、ときどき混じる呻《うめ》き声や唸《うな》り声みたいなものは、なぜかはっきりそれとわかる。ベッドの振動が規則的になってきて、兄が女に「入れてる」ことがわかる。家はちっぽけな建売住宅で、二階で寝ている両親に気づかれない程度の配慮はしているみたいだが、薄い壁一枚でからくも隔《へだ》てられている部屋――兄が独立して家を出て行くまでは、納戸《なんど》が篤の部屋だ――にいる弟のことはどうでもいいと兄は考えているらしい。朝になって顔を合わせたときの得意げな表情からすると、あるいはわざと聞かせてるのかもしれない。

兄の動きは忙《せわ》しなくなり、篤の股間はかたくなった。自慰《じい》を本格的に覚えたのは隣の部屋の兄の、この行為のおかげだった。目を閉じると頭の中で、隣室のあらゆる気配とこれまでに知り得た断片的な映像や情報が、もやもやした塊《かたまり》になって膨《ふく》らんだり縮んだりした。今夜はその中に顔があった。皐月だ。そう思うのと同時に篤は果てた。

翌日、登校して下駄箱を開けると、手紙が入っていた。

白地に青い花模様が散った封筒で、今度こそ誰かからの告白かもしれないと期待したが、頭のどこかでわかっていた通り、差出人は皐月だった。封筒の裏にちゃんと名前が入っていた。

その日、家に帰ってからそれを読んだ。学校内では、仲間の目を引かずに読める場所がなかったからだ。べつに隠して読まなくても、彼らの前で開封して笑いものにしながら読めばよかったのだと、自分の部屋で、ベッドと机の間にすっぽり隠れるようにして封を切ったときに気がついた。そうしなかったのは、皐月からの手紙だとわかってなお、ある種の期待があったせいかもしれなかった。

だが、封筒と同じ青い花模様で縁取《ふちど》られた便箋《びんせん》に綴《つづ》られていたのは、昨日皐月が語ったのとほとんど同じことだった。より詳しく、よりくどくどと説明されていただけだ。最後に、「心からお願いします。石坂くんはきっと引き受けてくれると信じています。」と添えられていた。皐月の字は、五ミリ四方の四角の中にひと文字ずつはめ込んで書いたみたいな、小さな几帳面《きちようめん》な字だった。あいつ、こんな字を書くんだな、と思った。いつ書いたんだろう。どこで書いたんだろう。自分の部屋だろうか。どんな部屋なんだろう。これを書いたとき、どんな服を着てたんだろう。

もちろん篤は返事など書かなかった。でも、以来、学校にいる間じゅう、皐月の視線が気になるようになった。いつも皐月から見られている、と感じるのは、自分がいつも皐月を気にしているせいなのかもしれなかった。

数日後、とうとう皐月が近づいてきた。また昼休みだった。前回同様に、将生の席の周りにいつものメンバーが集まって、将生の話——彼女のパンツを下ろして腰を押しつけるところまではいったが、うまく入らなかったという失敗談——に、大騒ぎしているときだった。

「石坂くん。手紙、読んでくれた?」

皐月がいきなりそう言ったものだから、大騒ぎの矛先《ほこさき》はたちまち篤のほうへカーブした。

「読んでねえよ」

篤は反射的に怒鳴《どな》り返した——実際には、読むというより字を眺めるために、いつまでも便箋を眺めていたのだが。

「ていうか字が多すぎてわかんねえよ。俺バカだからさ」

「何? 何? 何の手紙だったんだよ」

あらためて騒ぎだす仲間たちに、皐月があいかわらず自分を立候補させようとしていることを篤は説明した。なんだよ、つまんね。ラブレタージャねえのかよ。失望の声が上がる。

「篤が立候補したら、小川さんが篤の彼女になるってどうよ?」

淳が言った。

「何言ってんだよ」

「いいわよ」

篤と皐月の声が同時だった。篤は思わず皐月の顔を見た。皐月は挑戦的に見返してくる。ヒューヒュー、イエー。仲間たちは大喜びだ。

「くだらねえこと言ってんなよ」

「いいじゃん篤。彼女いると楽しいぜ」

「そうだよ、いろいろやらしてもらえよ」

「バッカヤロ……」

「いいわよ」

また声が揃《そろ》った。うおーっ。今度は拍手も起きた。篤は顔が赤くなり、それをごまかさなければならなくなった。

「じゃあ、俺が立候補したら、やらしてくれるってこと?」

悪ぶった口調でそう言った。微妙にずらした視線を、皐月が搦《から》め捕った。

「ええ、いいわよ」

「でも立候補だけじゃだめ。立候補して、生徒会長に当選したら、セックスしてもいい」

おおーっ。やったあ。歓声と拍手に、篤も合わせた。そしてもぞもぞと足を組み替えた。皐月の声で「セックス」という言葉を聞いて、股間が思いきり反応したのだ。

「マジかよ」

皐月とやりたくて引き受けたわけではなかった。

あれは単なる勢いだった。どうせ当選しっこないのだからと篤は思っていた。だが約束だったから、選挙運動には協力した。もちろん中心となってポスターやタスキを用意したのは皐月だったが、将生や淳たちも面白がって手伝いはじめた。

それが意外な効果を生んだ。ようするに、仲間うちだけでなくみんなに面白がられたのだ。これまでおよそその種の活動に無縁だった四人の劣等生が、石坂篤をよろしく――、石坂篤に清き一票をお願いしまーすとがなり立てながら校内を練り歩くと、どこへ行っても笑い声と拍手と声援と、ときには下級生女子の黄色い声に包まれた。日頃、学ランのポケットに両手を突っ込んで斜《なな》めに歩いていた篤たちが、背筋をピンと伸ばして大きなはきはきした声で「お願い」しているというのが、奇妙に好意的に受け入れられた。とにかくほかのふたりの候補者よりも断然目立った。玲二の兄が三年で、一昨年《おととし》まで篤の兄の弟分だったという人間関係も幸いしたようだった。一年二年からの人気に加えて、三年からの横《よこ》槍《やり》も入らなかった。

皐月が自分のスマートフォンで、篤の写真を撮った。背景は校庭と教室。校庭のほうは、体操着に着替えて真面目な顔で、徒競走のスタートのポーズをとった。一方の教室ではふざけた顔で、学ラン姿でVサイン。皐月のアイディアだった。二種類のポスターを作って校内のあちこちに貼った。これもかなりの手応えがあった。どちらの篤も、篤本人がびっくりするくらいカッコ良く撮れていた。まあ篤はちゃんとしてればイケメンだもんな、というようなことを将生が言い出し、篤をさらにびっくりさせたが、そんなふうな再評価(?)をされることになったのは、皐月のカメラの腕前——というか、皐月のおかげだろうと思った。

その頃には皐月の友だちの女子数人も「選挙事務所」に加わっていて、みんなでワイワイやるのは楽しかった。今までべつの星の生物みたいに感じていた秀才グループの女子たちと冗談を言い合ったりするような仲になり、仲間たちはごきげんだった。もちろん篤も——自分が皐月を、これは間違いなく再評価していることに気がついた。肌の色がすごく白くてスベスベだし、唇が可愛い。目も大きくて可愛い。むずかしい、つまらないことしか言わない女だと思っていたが、そんなことは全然ない。

　ある日、放課後の教室で、篤は皐月とふたりっきりになった。選挙運動期間の最終日に全校生徒の前で披露する、演説の相談をしていたのだ。相談といっても、すでに皐月が草稿を書いてきていて、机の上に広げたそれを見ながら彼女が説明するのを、篤はウンウンと張り子の虎《とら》みたいに頷《うなず》いて聞いているだけだった。

　ほかのメンバーたちはこの日はみんな先に帰っていて、なぜかそのほかの生徒たちも、そのとき教室にひとりも残っていなかった。校庭にいる生徒の声がときどき、遠くの鳥の声みたいに聞こえた。窓から夕日が差し込んで、教室全体がそのオレンジ色の光の中に閉じ込められたみたいだった。ね、ちょっとここ読んでみて？　と皐月が言った。

「どこ？」

「ここからここまで」

　皐月の指が示している箇所ではなく、身を乗り出して俯《うつむ》いた彼女の、紺のスクールセーターの内側の白いブラウスの、ボタンをひとつあけた襟元の奥を篤は見た。意図したわけではなく、吸い込まれたと自分では感じていた。ふわっと柔らかそうな肌を縁取る、白いレースがチラリと見えた。ブラジャーなのかスリップみたいなものなのかわからなかったが、とにかくその晩、その光景を存分に活用して篤は自慰をした。翌日の夜もその次もした。隣室の兄たちの気配はもう必要なくなった。というかその最中でも、頭の中は皐月の姿でいっぱいだった。

またある日の放課後に、篤は体育教師の菅野から、職員室に呼び出された。

呼び出しは入学以来何度か経験済みだが、今回は最初からこれまでとはあきらかに違う気配があった。菅野に先導されて彼の机まで向かう篤を、数人の教師たちが自分の机から目で追っていたが、いつものように「またおまえか」とか「何やらかしたんだ」とか声をかける者はいなくて、むしろ篤のほうから顔を向けると目をそらせた。菅野は空いている隣席の椅子に篤を座らせると、ごたごたした机の上に置いてあったポッキーの箱を、「食うか?」とまるで煙草《たばこ》でも勧めるみたいに差し出した。封は開いていたが、あきらかに篤のために用意していたふうだった。いらね、と篤は言った。薄気味悪くて、毒でも入っているような感じがしたのだ。

「いらね、じゃないだろ、いりません、だろ」

菅野はそう言って、とってつけたように笑ってみせた。これも気持ちが悪かった——篤たちのグループはこの教師からほとんど目の敵《かたき》にされていて、今まで怒鳴られたり嫌味を言われたりすることはあっても、笑顔を向けられたことなどなかった。

「でさ、おまえ、どういうつもりでいるんだ」

「何が」

「何がって、立候補のことだよ。何考えてるんだ。当選したら、生徒会長になるんだぞ、わかってるのか？　やれると思ってるのか？　遊ぶ時間削って、学校のために働かなきゃならないんだぞ」

篤は黙っていた。最初はたしかに何も考えていなかった。でもこの頃考えはじめている。当選する確率はゼロではないと思えてきたし、当選したい、と思ってもいるからだ。万が一生徒会長になった場合のことを考えると、実際のところ不安しかないのだが、それでも、なんとかなるだろうという気がする。皐月が一緒だからだ。そして皐月のためにがんばろうと思うからだ。

「この頃おまえは人気者だからな。真面目な話、当選するかもしれないよ。職員室でもそういう話をしてるんだ。だが正直言って、おまえに生徒会長は無理だと思う」

菅野は篤の顔を覗《のぞ》き込んだ。兄貴然とした――少なくともそう見えることを意図した――表情で。

「でな、先生たちで考えたんだ。せっかく選挙運動したんだし、立候補取り下げっていうのももったいないだろ。だから副会長に立候補しなおしたらどうだ？　本当は途中でそういう変更はまずいんだけど、今回は特例ということで許可するから。副会長の立候補者は去年書記だった女子だけど、あれなら絶対おまえが勝てるから。そうだよ、副会長ならぜったい当選するんだよ。仕事も会長の補佐だから、覚えながらできるし、もちろん意見も言える。どうだ？」

篤は自分で自分にびっくりした。腹が立ってきたからだ。立候補者の調整というのは、こうまであからさまにやるものなのか。自分がやられる当人になると、こうまでむかつくものなのか。何が「あれなら絶対おまえが勝てるから」だ。

「いやだ」

だから篤はきっぱりとそう答えた。この瞬間は、皐月のことも、彼女との約束のことも考えていなかった。なめんなよと言いたかった。

篤の意志が変わらないとわかると、菅野の表情も態度も一変した。おまえ、勘違いするなよと言われた。出て行こうとすると肘《ひじ》を摑《つか》まれて、ポケットの中全部見せてみろと言われた——丸めたティッシュと自転車の鍵しか入っていないことがわかると、残念そうにチッと舌打ちされた。つまり、これまでの菅野に戻ったということだ。それはもう面白いくらいの戻りかただった。だから面白おかしく皐月に話して聞かせた。

「ふざけんなって言ってやったよ」

ちょっと嘘も吐《つ》いた。この日は一緒に帰っていた。演説の草稿をまとめる作業がまだ続いていたからだが、この頃はなんとなく、篤と皐月がふたりきりで行動することを仲間たちから認められている、というか見守られている気配があった。仲間たちが「やれる」「やらせる」という言葉を発するのを自重しているふしもある（将生の彼女との進展もあれきり話題になっていない。といって篤はあの約束を、もちろん忘れたわけではなく、それどころか妄想ではなく現実的な未来として、暇さえあればシミュレーションしているのだが）。

「ひどい」

皐月はボソッと呟《つぶや》いた。そのときふたりは小さな寺の境内《けいだい》を歩いていた。皐月の家までの近道だが、人通りがなくて暗い場所だから、ひとりのときは避けるらしいが、自転車を押した篤と一緒のときにはこちらを通る。この道、好きなのと皐月がちょっと照れたように言ったことに、篤は悦《えつ》に入っていた。

「許せない」

二言目を発したときには皐月は泣き出していた。篤は思わず自転車を放り出してしまった。焦ったせいでスタンドをちゃんと立てなかったのだ。がしゃんと大きな音がして自転車が倒れると、皐月はびくっとして泣き顔のまま篤を見つめた。

涙と鼻水とで唇が濡れててらてら光っていた。泣くなよ、と篤が声を絞り出すと、その唇が少し開いて白い小さな歯が見えた。篤は皐月の両肩に手をかけた。引き寄せて、唇を近づけた。はじめて味わう他人の唇はしょっぱかった。舌を入れても皐月はされるがままになっていた。皐月の舌が篤のそれに触れ、篤が絡《から》めると皐月も少し動かした。

篤の股間はもう鉄の棒みたいにかたくなっていた。キスしながら胸を探った。膨らみに手をあてがって揉《も》むと、皐月ははじめて身を引いて、囁《ささや》くような声で「いや」と言った。篤は止められなかった。もう一度引き寄せて嚙《か》みつくみたいにキスをして、上着の中に手を突っ込んでブラウスの上からあらためて胸を揉んだ。乳首の存在を指が捉《とら》えた瞬間に、思い切り突き飛ばされた。

「いやだったら！」

顔を真っ赤にして皐月は叫び、子供みたいにウワーン、ウワーンと泣き叫びながら、駆け出していった。

翌日、皐月は学校に来なかった。その翌日もだ。翌々日の朝が、全校生徒の前での立候補演説の日だった。

この時点で篤の陣営はすっかり諦めムードだった。結局のところ、全員が皐月に引っ張られていたのだ。皐月との間に何があったのか、篤はそらとぼけていたが、メンバーたちにとっては推《お》して知るべしというところだったろう。

朝礼のあと、あらためて体育館に集合して演説会が開かれることになっていた。移動の途中で篤は玲二に、「演説、やるの?」と聞かれた。玲二のうしろには将生たちがいて、そのうしろには女子たちがいた。彼女たちが皐月から何か聞いているということはなさそうだったが、皐月がいないせいであきらかに引いている。

「やるよ」

簡潔に、篤は答えた。教師たちへの意地がある。それに皐月がいないから立候補を取り消すなんて、カッコ悪すぎる。まるで皐月にふられたみたいではないか——実際のところ、そうなのかもしれないが。

体育館の壇上に上がる順番は、篤が最後だった。まず、去年副会長だった女子が上がって、そのあと教師たちの本命と目される南本が上がった。今まで生徒会には関係していないが、一年の半ばにアメリカから転校してきたやつで、女子たちに人気があり、教師の覚えもめでたい。演説のそれぞれの持ち時間は十分と決まっていた。ふたりが喋るのを篤はぼんやり聞いていた。やっぱり教科書みたいだった。公約とか抱負とか、立派なことを言っているんだろうなとはわかるが、意味のあることとして頭の中に入ってこない。それから突然篤は、自分が演説の原稿を持ってこなかったことに気がついた。そもそもまだ完成していなかった。修正したり加筆したりしていた草稿は、皐月が持って帰ったままだ。

「それでは最後の候補者、二年二組の石坂篤君、壇上までお願いします」

呼び出しがかかった。これまでのふたりのときよりも大きな拍手と歓声が上がる。壇のすぐ下に一列に並んで座っている菅野をはじめとする教師たちが、苦々しい顔でこちらを見ている。逃げるわけにはいかない。篤は登壇した。放送部のやつがするすると寄ってきて、マイクスタンドの高さを調節した。こんなところに上がって、こんな大勢の注目を浴びるのははじめてだった。気分が悪くなってくる。リレーで三人抜かすほうがずっと楽だと篤は思った。

「あー、どうも。石坂篤です」

第一声がそうなった。やけくそでなげやりだったのだが、笑い声と拍手が起きた。うけたみたいだ。つまり自分に期待されているのはこういうキャラだということだ。それならこの場で、立候補は冗談でしたと言ったところで、みんなあまり驚かないかもしれない。

「えーと、どういうわけだか、こんなところに立ってますがあ」

自分でもどうかしてたとしか思えません、すいませんけどもうやめます。そう言おうと篤は思った。そのとき皐月が入ってくるのが見えなかったら、言っていただろう。

体育座りして壇上と向き合っている全校生徒を隔てて、ちょうど篤の真正面にある扉がほんの少し開いて、ひと筋の外の明かりと一緒に皐月は入ってきた。誰も気がついていなかった。彼女が見えているのは自分だけだと篤は思った。皐月も篤を見ていた。篤だけを。強い眼差《まなざ》しで睨みつけていた。

「俺の公約は、生徒会選挙の不正をなくすことです」

気がついたらそう言っていた。皐月と考えた草稿の中にもあったことだ。どんなふうな文言だったのかは忘れてしまった。だが自分の言葉で喋っている。

「この前俺は、菅野先生に呼び出されて、立候補を取り消すように言われました」

おおーっと、どよめきが上がる。扉の前に立ったままの皐月がVサインを高く突き出した。笑っている。可愛い。そう思うのと同時に、あの日寺の境内で触れた乳房の感触がよみがえった。

「俺が生徒会長になるなんて絶対無理だからやめておけと言われました。そのかわりに副会長に立候補しろって。むかつきませんか？　俺はむかついたよ。だから、いやだって言った……」

さらに大きな歓声、拍手。皐月はぴょんぴょん跳ねている。篤は体じゅうが熱くなった。その熱さが何なのか篤はわからなかった。俺、もしかしたらマジで生徒会長になっちゃうかもなと思う。熱いのはそれが嬉しいからか、こわいからか、教師たちに怒っているからか、みんなの歓声に励まされているからか、皐月が可愛いからか、生徒会長になったら皐月とやれるかもしれないからか、もう何が何だかわからなかった。わからないまま、次に口から出すべき言葉を篤は必死で考えていた。

おめでとう

た。

植物公園の隣は森だった。間違えてひとつ手前の停留所でバスを降りたから、それがわかった。十一月の半ばで、木々は気まぐれに紅葉していた。正門の脇に森に通じるのであろう小径《こみち》があって、「これより先は立ち入り禁止」の札を貼った赤いコーンが置かれていた。

こんなコーンは、なんの障害にもなりはしないと、光一郎《こういちろう》は考えた。堂々と脇をすり抜け、入っていけば、見咎《みとが》めるひともいないだろう。そして森の中には誰もいない。殺すのならこの森だな。そう思い、あらためて隣の娘を見た。

娘は二十歳《はたち》で、マミックスと名乗っていた。サイケ調のフラワープリントのワンピースに、男ものみたいな黒いパーカを羽織《はお》っている。やせっぽちで幼い感じだが、まあかわいいと言えなくもない顔立ちだった。選んだのは容姿というよりはニックネームのせいだが、それにしてもふざけた名前だ。といっても光一郎自身も、「ヒカル」と名乗っていた。マッチングアプリで相手を探すときに、本名を名乗る者などいない。とりわけ光一郎が登録したのは、婚活とか真面目な交際の場を提供するそれではなく、援助交際の温床になっていると評判のアプリだった。

「チケット、買ってきてくれる？」

自分は入園前に一服しておきたいからと言い訳して、光一郎はマミックスに千円札を渡した。この娘を殺すとすれば、チケット売り場で顔を見られないほうがいいだろうと考えてのことだった。今朝、買ったばかりのセブンスターをジャケットのポケットから取り出して、一本くわえて火をつけた。ところがマミックスが戻ってくるより先に警備員がどこからか近づいてきて、「ここは禁煙ですよ」と注意されてしまった。これではチケット売り場を避けた意味がない。携帯灰皿を持っていなかったので慌《あわ》てて地面ににじりつけて消して、吸殻《すいがら》を持て余しているところをマミックスがゲートから見ていた。「ダッセー」と指差してケラケラ笑う。

そちらに向かって、光一郎は歩き出した。一瞬、クラリとしたのは、久しぶりに煙草《たばこ》を吸ったせいだろう。今年のはじめに禁煙外来を訪ね二ヶ月あまり投薬を受けて、四月には煙草への依存がきれいになくなっていた。

ここへ来たのはマミックスの希望だった。

園内の温室で育てられている、めずらしい蘭《らん》だかなんだかの花を見たいのだそうだ。開花は世界的にも稀《まれ》なことだと、ニュースになっていたのだという。待ち合わせ場所を相談するメッセージのやり取りの中で、書いてきた。光一郎には一ミリの関心もないことだったが、ごねられても面倒だから付き合ってやることにした。金額がマミックスから提示され了解の返事をしているのだから、最終的な目的がセックスであることは間違いない。だがその前に、いくらかの手順が必要だということなのだろう。これがふつうなのかそうでないのかは正直なところわからない——光一郎がこの手のアプリを利用するのははじめてだった。

チケットを係員に渡してゲートをくぐると、まっすぐな広い石畳の道が延びていて、園内案内図によると温室は道の先にあるようだった。ふたりは並んで歩き出した。マミックスはスマートフォンをいじり続けていて顔も上げない。余計なお喋《しゃべ》りは不要ということか。それなら蘭も不要じゃないかと思うが、それはまたべつの話なのか。マミックスがこちらを向かないのをいいことに、光一郎は彼女の俯《うつむ》いた横顔をじろじろ眺めた。睫毛《まつげ》が長くて、頬《ほ》っぺたがぷっくりしていて子供みたいだ。二十歳というのは嘘《うそ》で本当は十七、八くらいではないのか。十七として、三十三歳の光一郎の子供というほどの年齢の開きはない。俺が十六のときにこの娘は生まれたわけか。俺の今の年齢でこの娘が生まれたとして、父親はちょうど五十歳か。どんな男なのだろう。娘が援交していることなど、もちろん知らないんだろうな。生きているとしてだが。

「お父さんって、何やってるひと？」

ついそう聞いてしまった。マミックスは心底うんざりしたような顔を向けた。

「そういうこと聞く？」

「答えたくなければ、いいよ」

「医者」

イシャッ、というふうにマミックスは発声した。拒絶の言葉みたいに。

「医者かあ」

「嘘だよ」

「嘘かあ」

「ふつうの会社員だよ。ふつうより、ちょっと上だと本人は思ってるみたいだけど。貧乏でもなければお金持ちでもない。府中《ふちゅう》の３ＬＤＫのマンションに住んでる。母親は子供に英語教える仕事してる。きょうだいはいない」

マミックスは突然ベラベラと喋り出した。

「がっかりした？　何の理由にもならないでしょ？」

すくなくとも殺されていい理由にはならないな、そう思いながら光一郎は肩をすくめた。

マミックスが不意にしゃがみ込んだ。バスケットシューズのような靴の紐《ひも》がほどけたらしい。それで光一郎も立ち止まって待った。ガラガラという音が近づいてきて、ふたりの両脇を、ベビーカーを押した母親たちが何人も続いて通り過ぎた。

「うわっ、なにあれ、キモッ」

立ち上がってマミックスが吐き捨てた。

「キモいな」

光一郎も同調してみたが、マミックスはふんという顔をしてすたすたと歩き出した。

マミックスの髪はかなりあかるい茶色だ。もちろん染めているのだろう。耳のすぐ下までのボブで、毛先はきれいにくるっとカールしている。毎朝、あるいは今日ここへ来るために、時間をかけてセットしたのだろう。

殺されてしまうとも知らずに。光一郎はそう考えてみる。死んだ後もしばらくは、あのカールだけはきれいにくるっとしたままなんだろうな。

先に死体が見つかるだろう。なぜなら俺は、死体を森に置きっぱなしにするからだ。女をひとり埋めるだけの穴を掘る道具も気力も持ち合わせていない。あの森には管理者がいるはずだ。定期的な見回りで、彼女を見つけるだろう。彼女の家族（府中の３ＬＤＫに住んでいる、ふつうの父親と母親）に知らせがいく。それからもちろん、俺は捕まる。自首はしないし、しばらく逃げてみるつもりだが、逃げ切れる気はしない。たぶん、ひと月も経たないうちに、新潟の海辺とか下関《しものせき》の漫画喫茶の前とかで、刑事に肩をたたかれ、捕まるのだろう。

そして妻に連絡が行くだろう。どんなふうに知らされるのだろう？　いや、捕まる前に、手配中だという知らせが届くか。知っていることがあったらすべて話してください。隠すとあなたも罪に問われますよ。映画などでは、刑事はそんなふうに配偶者や恋人に詰め寄る。何かそういう兆候のようなものは感じませんでしたか？　ご主人に最近、変わったところはありませんでしたか？

「いいえ、全然」

妻が返すであろう答えを、光一郎は思わず声に出して呟《つぶや》いてしまった。小さな声だったがマミックスは怪訝《けげん》そうに彼を見た。大丈夫？　と聞く。

「大丈夫だよ」

「大丈夫なのかな」

マミックスは苦笑した。自分自身にたしかめたみたいだった。光一郎がちょっとヤバいやつだと、薄々気が付いたのかもしれない。といってもその表情はまだまだ呑気《のんき》なものだ。マッチングアプリで今までどのくらい稼いだのかは知らないが、怖い目にあったことはまだないのだろう。世の中を舐《な》めきった小娘なのだ。

温室は想像していたよりずっと大きな、図書館みたいな建物で、アプローチにはずらりとベビーカーが並んでいた。一瞬、顔を見合わせたが、マミックスが蘭を見たいという意志は揺るがないようなので、ふたりで中に入っていった。

中は暖かいというよりむっと暑くて、肉厚の濃い色の葉や花がみっしりと生い茂《しげ》り、子供に持たせたクレヨンみたいに空間を塗りつぶしていた。通路は狭くて、少し歩くとそれ以上進めなくなり、それは子供を抱いた母親たちの行列が前方を埋めているせいだった。目指す蘭は、つまり行列の先にあるらしい。

「どうしても見たいの?」

光一郎はひそひそとマミックスに聞いた。

「あたしはね」

とマミックスは答えた。帰りたいなら勝手にしろということか。

「わかったよ」

光一郎は言った。帰ったら、君を殺せないからな、と心の中で付け加える。

前のほうから子供の泣き声が聞こえてきた。誰かしら？　と前に並んでいる母親が、その前にいる母親に言った。

「ケンタちゃん」

「ケンタちゃんじゃない？」

話しかけた母親は、繰り返してクスクス笑う。

「あの子よく泣くよね」

「暑いんじゃないかな。あのお洋服」

「全部のせだもんね」

ふたりの母親はともに二十代の終わりくらいで、子供は光一郎の目には生まれたてみたいに見えた。全員が抱き上げているのは、実際のところまだ歩ける歳ではないからだろうか。手前の子供がそっくり返って、猫が鳴くような声を上げげた。母親は子供をこね回すようにして何とか元の姿勢に戻そうとしながら、まるで何事も起きていないかのような表情で、「うちの旦那《だんな》がチェーンソー買ったんだよね」と言った。

「なにそれ、ウケる」

「こないだの台風で庭の木が倒れちゃって。細い木だけど、剪定鋏《せんていばさみ》とかじゃ全然歯が立たなくて。業者呼んでやってもらうよりチェーンソー買ったほうが安いってことでさ」

「あー、なるほどね」

「でも、庭にもうたいした木は生えてないんだよ。一回きりだったら、業者に頼んだほうが安かったよ」

「あははは」

「結局チェーンソーがほしかったのよね」

「そうね、男ってそうだよね」

「なに切るつもりなんだろう、これから」

「切られないように気をつけなよ」

「メルカリで買った中古のチェーンソーに切られるくらいなら、あたしが切るよ」

「あははは」

行列はじわじわと進んだ。光一郎とマミックスが蘭の前に着いたときには、温室の中はひっそりとしていた。通路の先にも出入口があるらしく、母親たちはまっすぐにそこから出ていったからだ。光一郎たちの後ろにひとはいなかった。蘭はガラスケースの中で、薄黄色のぼんやりした花を咲かせていた。マミックスはむっつりとそれを眺めていた。

「きれいだな」

とくに何の感慨もなかったがそう言ってみると、

「そう？」

とマミックスは、軽蔑《けいべつ》したような顔で光一郎を見た。


「お腹空《す》いたな」

温室を出たところでマミックスがそう言ったので、まだ正午にはずいぶん早かったが、昼食にすることにした。蘭を見たあとマミックスはあきらかに機嫌が悪くなっていて、とりあえず逆らわないことにしようと光一郎は考えた。

「これでなんか買っておいでよ。君のぶんだけでいいから。なんならどこかで食ってきてもいいよ。俺はこの辺で待ってるから」

財布から二千円取り出してマミックスに差し出しながら、光一郎は言った。

「なんで？　ヒカルさんは食べないの？」

「弁当持ってるんだ、奥さんが作ったやつ。今日は仕事に行ってることになってるから」

マミックスは目を丸くして光一郎を見て、それからケラケラ笑い出した。札を受け取り、売店へ向かって駆けていく。

小高い丘に沿って等間隔に並んだベンチに座って食べることにした。モザイク模様の石造りのテーブルも付いている。そこにマミックスはタコ焼きとコーラのペットボトルを置き、光一郎はリュックの中から取り出した弁当の包みを置いた。水色のギンガムチェックの布を解《ほど》くと弁当箱があらわれ、蓋《ふた》を取ると今日はオムライス弁当だった。

「ほうれん草、しゅうまい、かぼちゃ」

添えられたおかずを確認するとき、ついまた声に出してしまい、「何ブツブツ言ってんの？」とマミックスに突っ込まれた。

「いや、何が入ってたか覚えておかないと、感想が言えないから」

「毎日お弁当の感想言うの？」

「毎日ってわけじゃないけど、聞かれることもあるからさ」

「たいへんなんだねえ」

マミックスはニヤニヤ笑った。感じ悪いことこのうえないが、機嫌が直ったのならよしとしようと光一郎は思った。丸くかたどったオムライスの上には、ケチャップで波のような模様が描かれていた。ハートでなかったのは幸いだ。料理が得意で、弁当作りも今のところ楽しんでやっているらしい妻は、気分というより全体的なデザイン上の観点から、ハートではなく波線にしたのだろう。

今日は箸《はし》ではなくて折りたたみ式のスプーンとフォークが添えられていて、そのスプーンでオムライスをひと匙《さじ》すくうのとほぼ同時に、ジャケットのポケットの中でスマートフォンが鳴り出した。妻からだとわかって、光一郎は「ちょっと、悪い」とマミックスに断ってベンチを離れた。

「はい」

背を向けてゆっくり歩きながら応答した。ごめんね、今話せる？　いつもの真美子《まみこ》の、かるくてやわらかい声が聞こえてくる。

「母が来週のはじめから来たいって言ってるんだけど、いいかしら？」

「ああ、俺はかまわないよ」

光一郎は空を見上げた。秋晴れの、湿気のない空だ。まさか夫がこんな空の下にいるとは真美子は思ってもいないだろう。通常なら大手町《おおてまち》のビルの二十三階の一室の、灰色の事務机の前に座っている時間だ。

「こっちで前もって準備しておきたいって言うのよ。母が何を準備するのかわからないんだけど……」

「落ち着かないんだろう。来てもらえばいいよ。部屋ももう用意してあるし、赤ん坊が生まれたら、しばらく頼りきりになるんだし」

「ありがとう。そうだね。予定日、早まるかもしれないし」

「えっ、そうなの？　なんか兆《きざ》しみたいなのがあったのか？」

「ううん、予感よ、予感」

少し恥ずかしそうに、花びらが散るような笑い声を妻は立てた。なにかあったらすぐ電話して。光一郎はそう言って電話を切った。

ベンチのほうへ向き直るとマミックスがこちらを見ていた。妙に得意げな顔をしている。戻ってみると、オムライスが食い荒らされていた。食べたくてそうしたというより、あきらかにぐちゃぐちゃにするのが目的だったようだ。

「おいしかったよ」

マミックスは意地悪く言った。目がキラキラしていて、そんな表情をすると小さな子供みたいに見えた。

「いいよ、好きなだけ食え」

「もういらなーい」

光一郎は、弁当箱に残ったものをぼそぼそと食べた。これも食べて、とマミックスがタコ焼きを投げつけてきた。それは弁当箱の縁《ふち》にあたってテーブルの上に転がった。光一郎は拾って、マミックスの顔に向かって投げ返し、彼女の顔のほとんど中心に命中した。信じらんない。マミックスは青のりとかつおぶしをくっつけた顔でケラケラ笑った。

「ね、あれ見て」

テーブルの上のものを片付けようとしていると、マミックスが丘の上を指差した。頂上を丸く縁取るように、ベビーカーが並んでいる。その内側に同心円を描くように母親たちが車座になっている。

見ていると、母親たちはゆるゆると両手を上げた。そのまま、左右に揺れはじめる。最初は小さく、次第に大きく、最後にはほとんど横倒しにならんばかりに体を傾けた。それから元の姿勢に戻って、今度は両手を上げたまま、伸び上がったり縮んだりしはじめた。

掌《てのひら》を小刻みに振っている。

「何あれ。なんかの宗教?」

「それか体操だな」

あーあ、とマミックスは言い、それを合図にしたように、ふたりとももう見上げるのをやめて、丘に沿って歩き出した。園内が広すぎるせいなのか、方向感覚が曖昧《あいまい》になっていて、自分たちが正門に向かって歩いているのか、それとももっと奥へ行こうとしているのか、光一郎にはよくわからなかったが、もう目的の蘭は見てしまったのだから、次に行く場所はラブホテルしかないだろう、と考えた。殺すのならその前に森に誘い込まなければ。いや、ラブホテルの部屋で殺したほうが、危険は少ないかもしれない。

「マミックスは毎日、何やってるの」

ついそういう質問が出た。

「毎日、こういうことばっかやってるの」

マミックスは例のうんざりした顔で、そう答えた。

「こわくないのか？　ヘンなやつもいるだろ？」

「自分はヘンなやつじゃないって言いたいわけ？」

「いや、そういう意味じゃなくて……単純な疑問だよ」

「全然、平気」

マミックスはトートバッグの中をかき回しスマートフォンを取り出した。会話を打ち切りにする合図かと思ったが、何か考えを変えたらしく、取り出したものを戻して光一郎を試すように見た。

「死んだらどうなるんだろうね」

「さあなあ」

まさか殺そうと思っていることに気づいたわけじゃないよな、といささか焦りながら光一郎は言った。

「死後の世界って信じる？」

「あまり信じてないかな」

と光一郎は正直に答えた。

「死んだらさ、すっごくすっごく楽しい、夢みたいな場所に行けるかも、とか考えたりしない？」

「すっごくすっごく楽しい、夢みたいな場所って、具体的にはどんな場所？」

マミックスはむっとしたように睨んだ。

「ひとによって違うだろ、すっごくすっごく楽しいことも、夢みたいに思えることも。たとえばマミックスにとっては、なにがすっごくすっごく楽しいわけ？」

「理屈っぽいオヤジ」

というのがマミックスの答えだった。それからしばらくむっつりと歩いた。金木犀《きんもくせい》の香りが混じったつめたい風が流れてきた。そう寒くはない。道の片側には赤い実をつけた低い木が並んでいて、老齢の男女が手を伸ばして採っている。

「オヤジにとってはさ、こういうことが楽しいわけ？」

マミックスが言い返してきた。

「若い女とセックスするのが、楽しくて仕方ないわけ？」

「セックスなんかしてないじゃないか」

光一郎も言い返した。

「これからするんでしょ？」

「するの？」

「しないの？」

おかしな言い合いになってしまった。セックスなんかするつもりはないけど、殺すつもりだよと言ってやったら、この娘はどんな反応をするだろう、と光一郎は考えた。

そのとき、物音がして、ふたりは顔を上げた。丘の上だ。ベビーカーが宙を舞った。前方の斜面で弾《はず》み、転がってくる。マミックスがそちらに向かって駆け出したので、光一郎も後を追った。先ほどの老夫婦や作業着姿の男もふたり、駆け寄ってきていた。ガシャンと大きな音がして、赤い幌《ほろ》のついたベビーカーは歩道の上で動きを止めた。

「赤ちゃん乗ってなかったのね、よかった、よかったあ」

老女がまず声を上げた。よかった、よかったですね、肝《きも》が冷えましたよと声が続く。

「あんた、お母さん。あぶないよ、やめなさい」

今度は年寄りの男のほうが声を上げ、全員で男が呼びかけているほうを見上げた。ヒョウ柄のシャネルスーツみたいな服を着た女が、子供を横抱きにして、危なっかしい足取りで下りてくる。足元はヒールが五、六センチはあるパンプスだ。

今にも子供ごと滑り落ちてきそうだったが、見守るうちに女は丘の麓《ふもと》に下り立った。子供を地面に下ろして手を繋《つな》ぎ、何か文句があるのかと言わんばかりに、そこにいる一同を睨《ね》め回した。子供はぽかんとした顔をしていた。

「わざと！」

と突然マミックスが叫んだ。女の顔を指差している。

「この人、ベビーカーわざと落とした！　あたし見てたもん！」

わざと！　わざと！　とマミックスは叫び続け、子供が怯《おび》えてぎゃーっと泣き出した。女はほとんど表情を変えずに、マミックスの声を浴びていた。老夫婦がそろそろと離れていった。やめなさいよ、あんた。作業服の男が小さな声で言った。丘の上から、母親たちが見下ろしていた。

光一郎は黙ってマミックスの腕を摑《つか》んで、その場から引っ張り出した。

引っ張っている腕が、ふいに重くなったと思ったら「ソフトクリーム食べたい」とマミックスが言った。ふたりは土産物《みやげもの》屋や花屋が並ぶ狭い坂道を上っていた。すぐ横が甘味処で「薔薇《バラ》のソフトクリーム」という幟《のぼり》が立っていた。

このまま歩いていてもどこへ行くあてもなかったから、光一郎は店に入ることにした。中は狭くて、こんな時間になぜか、きゃあきゃあ騒ぐ制服姿の女子高生たちで占められていたから、表の緋毛氈《ひもうせん》が敷かれた露台《ろだい》に座ることにした。店の人がやってきて、マミックスは薔薇のソフトクリームを、光一郎はぜんざいを注文した。

「ぜんざいとか」

マミックスはばかにしたように笑った。もう、何事もなかったような顔に戻っている。さっき弁当を食い荒らされたから腹が減ってるんだよ、と光一郎は言った。

「あたし、本当に見たんだよ」

ソフトクリームを食べはじめると、機嫌のいい顔のまま、マミックスは蒸し返した。

「そうだとしたって、赤ん坊ごと突き落としたわけじゃないんだからいいじゃないか」

光一郎は添えてあった漬物《つけもの》をかじった。ぜんざいはとんでもなく甘かった。

「事なかれ主義だね、オヤジは」

「オヤジっていうのはやめてくれよ」

「よくはないでしょ。危険だよ、ああいうお母さんは」

「なんかトラウマでもあるのか。小さい頃に虐待されてたとか」

面倒な気分になって、光一郎は雑なことを言った。べつに、ないよ。マミックスはつまらなそうな顔になってピンク色のソフトクリームをなめた。

「あればよかったのにな」

とマミックスは言った。

「何が。虐待の経験？」

「虐待は痛そうだからいやだけど、なんか、トラウマみたいなの」

「トラウマ希望か」

「さっきのベビーカー、赤ん坊が乗ったまま落っこちてたら、めでたくトラウマになったかもしれないのにな」

光一郎は呆《あき》れて黙り込んだ。なんて娘なんだ、と思う。どんなふうに育てばこんなことを言う娘になるのだろう。それとも今はみんなこんなふうなのか。こんな娘にしないためには、どうすればいいのだろう。

まあ、そういうマミックスをマッチングアプリで引っ掛けて、殺そうと思っている俺もたいがいだけどな。マッチングアプリを利用しなくたって、どんなにいい子に育てたって、俺みたいな人間に出会う確率はゼロじゃないわけだ。俺は、自分のことを、そんなに特殊だとは思わない。俺みたいなやつはこの世にいっぱいいるだろう……。

店の中から女子高生がふたり出てきて、ちらりと光一郎たちのほうを見てから、スマートフォンをかまえた。撮るよー。チーズ。互いに店を背景にして写真を撮っているふうだが、そのじつ光一郎とマミックスを画面に収めていることが光一郎にはわかった。なぜだ。いかにも「援交」っぽいふたりだからか。いずれにしても何かの証拠にするというよりは、店内で写真を回覧して「ウケる」とか「ありえねー」とか笑いさざめくためだろうと思う。マミックスもそのことに気づいているようだ。さっきのように喧嘩《けんか》を売りに立ち上がるのではないかと光一郎は恐れたが、マミックスは素知らぬ顔をしていた。

「あーっ」

とマミックスが声を上げたのは、女子高生たちが店内に戻った後だった。「あーっ」ともうひとつの声が応《こた》えた。さっきベビーカーを丘の上から落とした女が、そのベビーカーに赤ん坊を乗せて、ふたりの前にいた。

「壊れなかったんだ、ベビーカー」

まるで仲のいい友だちに言うみたいにマミックスが言い、

「高級品だから」

と同じ口調で女が答えた。

「座っていい？」

「いいよ」

光一郎の了解は確認されることなく、女はマミックスの横に腰掛け、ベビーカーを通行人の邪魔にならないように引き寄せた。光一郎は思わずその中を覗《のぞ》き込んだ。子供は眠っていた。青いツナギみたいな服を着ているから男の子だろうか。

「さっきの、やっぱわざとだったんでしょう」

「どうかな」

「薔薇のソフトクリームおいしいよ」

電話が鳴った。光一郎のスマートフォンだった。ふたりの女——たぶん十代のマミックスと、二十五、六歳の母親——に、マナーがなっちゃいないわねというような顔を向けられながら、光一郎は立ち上がり、店から離れた。

「なんかね、生まれるかもしれない」

真美子は開口一番そう言った。えっ。光一郎は意味もなく辺りを見回してしまう。背後の露台で、マミックスと女が和《なご》やかに談笑しているのが見えた。

「〝おしるし〟っていうのが出たみたいなの。病院に電話したら、いちおう入院の支度して来てくださいって」

「そうなのか。生まれるって、今夜とか？」

「まだわかんない。おしるしじゃないかもしれなくて、そうしたらいったん家に帰されるかもしれないし。だから、ちゃんとわかったらまた電話する」

「俺も行くよ、病院に」

「だって急でしょ、仕事大丈夫なの」

「大丈夫」

電話を切ると光一郎は女たちのところへ戻った。そんな感じだよねー、とマミックスが言った。光一郎にではなく、女に向かって。たぶん俺の噂《うわさ》をしていたのだろう、と光一郎は思った。その一方で、ふたりは彼の存在をほとんど忘れかけているようにも見えた。

「ごめん、俺、行かないと」

「えっ、なんで」

さして心外でもなさそうにマミックスが聞いた。

「今夜、子供が生まれるかもしれないんだ」

マミックスと女が顔を見合わせた。それから光一郎の予想通り、揃《そろ》ってケラケラ笑い出した。笑いながら、女がちらりとベビーカーの中に視線を向けたことに光一郎は気がついた。ラメがきらめくカーキ色のグラデーションで塗りたくられた目元が、一瞬、母親っぽく見えた。

「おめでとう」

光一郎に殺されるかもしれなかったマミックスが言った。

「おめでとう」

赤ん坊をベビーカーごと投げ捨てていたかもしれない女が言った。

解説——また、井上荒野の短編が心を撫《な》でていった

書評家　杉江松恋《すぎえまつこい》

私の体は私を裏切る。

人間は完璧な存在ではないから自分を御し切れない。体は時に枷《かせ》となり、我が身は不自由さを思い知らせる。思う儘《まま》に動くという当たり前は、実はとても難しいことなのだ。

井上荒野《いのうえあれの》『ママナラナイ』には、その儘ならぬ体に縛られた人々が主役を務める十の物語が収められている。心とはどのようなものかについての短篇集ということもできる。思い通りにならない体を描くことで、心のありようが浮かび上がってくるのである。

本書の収録作は祥伝社のＷＥＢマガジン「コフレ」に二〇一九年一月から二〇二〇年一月まで連載され、加筆・訂正の後単行本として刊行された。奥付には令和二年（二〇二〇年）十月二十日初版第一刷とある。最初の「ダイヤモンドウォーター」で主役を務めるのは、小学生の〈私〉こと琉々《るる》である。開巻早々、琉々が「姉さん」と会ったという話が紹介される。二人はカフェに入り、姉さんは「シャルラ」という飲み物を頼む。短いエピソ

ードなのだが、違和感を受けることは否《いな》めない。そもそも「会うのははじめてだったのに、なぜか見た瞬間に姉さんだとわかった」というくらいだから、当たり前の姉妹ではないのだろう。この姉が教えてくれるのが「ダイヤモンドウォーター」の秘密なのだ。

井上短篇では、読者は説明のないままにまず状況の中に投げ込まれる。「姉さん」に関する琉々の回想は不自然だが、そのいびつさの源《みなもと》が何であるかは知らされないのである。「ダイヤモンドウォーター」が意味するもの、琉々がなぜそれについて語っているかがわかったとき、初めて理解が訪れる。この短篇の場合は比較的早い段階で種明かしが行われるが、しばらくわからないままのこともある。たとえば三話目の「静かな場所」では、主人公・沙織《さおり》の抱えている日常への違和感は、何が原因なのか不明である。それがわかるのは小説の終わりで、実に印象的な三行で物語は締めくくられる。

宙吊《づ》りのまま話が進行し、おそらくは人間関係や恋愛模様といったものに由来すると思われるが、正体のよく見えない不全感に気持ちが縛られる。それが井上短篇の基本だ。基調となる心情は不安、漂う空気はひたすら不穏。本書の場合、さらに身体のかすかな変調というものが付きまとう。表題作で視点人物の尚弥《なおや》が悩まされるのは不能、つまりいざというときに男性の武器が役に立たなくなるという現象だ。このため物語には皮肉な艶笑《えんしょう》譚《たん》のような空気が流れる。そんなにも下半身の一部にこだわる男の心情は奇妙なもので、結末もその滑稽《こっけい》さを囃《はや》し立てるようなものだ。男の性器は笑える、ということを書いた短篇がもう一つ入っているのだが、ネタばらしをせずに読んだほうが楽しいと思うので題名は書かずにおく。切ない青春小説だと思って読んでいたら、それなんだものな。言うことをきいてくれない性器に振り回される男の心はまさに「ママナラナイ」。

井上の著書は題名でまず読者の心を狙い撃ちにしてくる。本書の『ママナラナイ』もそうだが、『しかたのない水』（二〇〇五年。現・新潮文庫）なんて、思わず手を伸ばさずにはいられなくさせる不可解さである。そういう題名の短篇は収録されていないのだが、読んでみると『しかたのない水』という題名がいかにもふさわしいものに思えてくる。

祥伝社文庫に入っている『もう二度と食べたくないあまいもの』（二〇一〇年）も魅力的な題名だが、やはりそういう短篇は入っていない。同書で言えば「幽霊」「古本」などどちらかというとぶっきらぼうな題名を井上は短篇につけがちだ。事前に制限されているので、ページを開いたときに奔流のようにイメージが溢《あふ》れてくる感覚がある。『ママナラナイ』所収の「毛布」などもそうだろう。主人公をくるむ「毛布」とは何かということが物語を牽引する短篇で、それが判明した瞬間に世界は一変し、空間には極彩色の情報が溢れ返る。

本書の共通項は身体感覚だから、収録作に老いや加齢について言及したものが多いのも当然だろう。呼吸器系の不調が元で自棄になる男の「檻《おり》」、誰にでも訪れる可能性のある認知症の物語である「十七年」などがそうだ。いずれの場合も、身体の変調が人間関係を揺さぶる引き金になるという構造がいい。「あの娘《こ》の名前」はいわゆる更年期障害に悩まされている女性が主人公で、ホットフラッシュ・サスペンスとでも言いたい内容になっている。体の火照《ほて》りをこんなにスリリングに書いた小説は他であまり読んだことがない。そしてこの短篇も幕切れが凄《すご》いのである。ああ、そういうことか、と膝《ひざ》を打ちたくなる。

なんだか幕切れの話ばかりしている気がする。ついでだから書いてしまうが、収録された中でひとつ毛色が違うのが巻末の「おめでとう」だ。やはりある身体変化に関わる小説なのだが、それが遠因となって語り手はある極端な行動に出ようとする。彼がそういう結論に至った経緯はまったく書かれないので、非常に不気味な印象を受ける一篇だ。一口で言えば怖い小説なのに、題名は「おめでとう」なのである。やはりこの言葉が軸となる形で物語は締めくくられる。人間心理の異常な働きを描いたスリラーとして実に素晴らしい。

結末の話だった。私は井上荒野三行全集というのを考えたことがある。各短編から三行だけを取り出して並べたアンソロジーである。どこから取り出すか。各篇の終わり三行だ。どの作品も、おしまいの数行だけを切り取って並べるだけで物語として成立してしまうのである。たとえば、一九八九年に第一回フェミナ賞を受賞したデビュー作、「わたしのヌレエフ」（光文社文庫『グラジオラスの耳』所収）の終わり三行はこうだ。

番号札を弄《もてあそ》んでいる弟の手元から顔へと、夏子《なつこ》は視線を移した。

「ピザを取りに行ってらっしゃいよ」

意味のないことを十分知りながら、夏子は右手の人指し指で左手の薬指をなぞる。

ここで小説は終わるのに、なんとイメージを掻《か》き立てられることか。最近の作品では『小説家の一日』（文藝春秋）所収の「好好軒《はおはおけん》の犬」がいい。これは引用しないのでぜひ現物を。いや、本当に井上短編の結末はいいのである。これから『ママナラナイ』に目を通される方も、読了後に改めて、各篇の最終ページだけをご覧になってみていただきたい。普通に読んだときとは別の風景が見えて驚くはずだ。「顔」の結末なんて、やはり一つの物語である。

こういう風に小説の結末が独立して存在する生物のようなものになるのは、井上が物語内時間を操作する技巧に長《た》けているからだ。短篇は切り取られた一瞬の人生だという。井上が切り取ってくる人生は、その中でいくらでも自由に動き回れるものではなく、この稿で何度も書いているように不全なのである。中にいるのは、都合よく役割をあてがわれ、特権を与えられた賓客《ひんかく》ではない。限られた条件で目の前のことをしなければならない普通の人々だ。世界との摩擦係数が高くて、動き回るだけでも一苦労する。だからこそ彼らが働いたり、恋をしたり、人生について考えたり、不健全な楽しみに耽《ふけ》ったりするさまには現実感が伴うのだ。そこに読む者は魅了される。

ぎしぎしと軋《きし》みながら登場人物たちが動き回ると、不意にそれまでの摩擦が消滅するときが訪れる。世界が体に馴染《なじ》み、自由に動くことのできる一個の人間に成りきるのだ。その解放の瞬間に到達したとき、井上は小説に幕を下ろすのだろう。はい、終わり。さようなら。幕が閉じてしまえば、向こう側のことはもうわからない。あれほど身近に感じられた人々は物語の地平へ去ってしまった。彼らに幸あれかし、と願いつつ、次の井上の短篇を読み始める。

（この作品『ママナラナイ』は令和二年十月、
小社より四六判で刊行されたものです）

JASRAC出 2306984―301

一〇〇字書評

ママナラナイ

切り取り線

購買動機（新聞、雑誌名を記入するか、あるいは○をつけてください）	
□（　　　　　　　　　　　　）の広告を見て	
□（　　　　　　　　　　　　）の書評を見て	
□ 知人のすすめで	□ タイトルに惹かれて
□ カバーが良かったから	□ 内容が面白そうだから
□ 好きな作家だから	□ 好きな分野の本だから

・最近、最も感銘を受けた作品名をお書き下さい

・あなたのお好きな作家名をお書き下さい

・その他、ご要望がありましたらお書き下さい

住所	〒				
氏名		職業		年齢	
Eメール	※携帯には配信できません	新刊情報等のメール配信を 希望する・しない			

この本の感想を、編集部までお寄せいただけたらありがたく存じます。今後の企画の参考にさせていただきます。Eメールでも結構です。

いただいた「一〇〇字書評」は、新聞・雑誌等に紹介させていただくことがあります。その場合はお礼として特製図書カードを差し上げます。

前ページの原稿用紙に書評をお書きの上、切り取り、左記までお送り下さい。宛先の住所は不要です。

なお、ご記入いただいたお名前、ご住所等は、書評紹介の事前了解、謝礼のお届けのためだけに利用し、そのほかの目的のために利用することはありません。

〒一〇一－八七〇一
祥伝社文庫編集長　清水寿明
電話　〇三（三二六五）二〇八〇

祥伝社ホームページの「ブックレビュー」からも、書き込めます。
www.shodensha.co.jp/bookreview

祥伝社文庫

ママナラナイ

令和 5 年 10 月 20 日　初版第 1 刷発行

著　者　井上荒野《いのうえあれの》
発行者　辻　浩明
発行所　祥伝社《しょうでんしゃ》
東京都千代田区神田神保町 3-3
〒 101-8701
電話　03（3265）2081（販売部）
電話　03（3265）2080（編集部）
電話　03（3265）3622（業務部）
www.shodensha.co.jp

印刷所　堀内印刷
製本所　積信堂
カバーフォーマットデザイン　芥 陽子

本書の無断複写は著作権法上での例外を除き禁じられています。また、代行業者など購入者以外の第三者による電子データ化及び電子書籍化は、たとえ個人や家庭内での利用でも著作権法違反です。
造本には十分注意しておりますが、万一、落丁・乱丁などの不良品がありましたら、「業務部」あてにお送り下さい。送料小社負担にてお取り替えいたします。ただし、古書店で購入されたものについてはお取り替え出来ません。

Printed in Japan ©2023, Areno Inoue　ISBN978-4-396-35010-9 C0193

〈祥伝社文庫　今月の新刊〉

井上荒野
ママナラナイ
老いも若きも、男も女も、心と体は変化する。制御不能な心身を描いた、極上の十の物語。

楡　周平
食王
麻布の呪われた立地のビルを再注目ビルに！闘いを挑んだ商売人の常識破りの秘策とは？

近藤史恵
夜の向こうの蛹《さなぎ》たち
二人の小説家と一人の秘書。才能と容姿が生む疑惑とは？　三人の女性による心理サスペンス。

彩瀬まる
まだ温かい鍋を抱いておやすみ
大切な「あのひと口」の記憶を紡ぐ——。心にじんわり効く、六つの食べものがたり。

千早　茜
さんかく
食の趣味が合う。彼女ではない人と同居する理由はそれだけ。でも彼女には言えなくて……。

五十嵐貴久
命の砦
聖夜の新宿駅地下街で同時多発火災が発生。大爆発の危機に、女消防士・神谷夏美は……。

若木未生
われ清盛にあらず　源平天涯抄
清盛には風変わりな弟がいた——壇ノ浦後も生き延びた生涯とは。無常と幻想の歴史小説。

門田泰明
負け犬の勲章
左遷、降格、減給そして謀略。裏切りの企業論理に信念を貫いた企業戦士の生き様を描く！

小杉健治
わかれ道　風烈廻り与力・青柳剣一郎
優れた才覚ゆえ人生を狂わされた次席家老の貞之介。その男の過去を知った剣一郎は……。